松本人志　愛

松　本　人　志

朝日文庫

[初出誌]『uno!』一九九六年一二月号〜一九九八年八月号
[単行本]一九九八年一〇月五日(朝日新聞社)

松本人志　愛*目次

女について Women 9
大人について Adults 19
親父について Father 29
大阪について Ōsaka 39
イメージについて Public Image 49
ファンについて Fans 58
格闘技について Martial Arts 68
影響について Influence 77

トークについて Talk 87
子供について Children 97
お金について Money 106
死について Death 115
障害について Disadvantage 124
ひとりについて Left Alone 133
涙について Tears 143
人見知りについて Shyness 153

理由について Reasons 162
絵について Paintings 172
年齢について Age 182
映画について Movies 192
終わりについて Ending 201

ＡＤ＊多田　進
本文イラスト＊松本人志

松本人志　愛

女について Women

＊気づいてないことは悪である

悪い言い方やけど、僕が思うに、女をえらぶときアホか、アホじゃないかですから。もう、単純明快なんですけど、アホな男とつきおおてたという時点で、僕はもう、その女を近くにも置きたくない。だから、その意味でも、僕は「熱愛宣言」みたいなことはようせんし、あんまり好きな言葉じゃないけど、女に対する最低限の優しさと思いますね。だって別れたとき、女のほうに傷がつくじゃないですか。前にあいつ、だれとつきあっててんでって、もうばれてるわけやから。

僕のいままでの恋愛パターンだと、ぐちゃぐちゃになって別れるとか、ほんまないんですよ。だから、別れた後も幸せになってほしいっていうか、男は女のこと、考えてあげないかんですよ。

アホな女かそうでないかの基準ですか。もちろん、つきあう相手だけじゃないですよ。相手を見なくても、アホな女かどうか、わかりますよ、いろいろ。

たとえばねえ、僕は仲のいい後輩が多いでしょ。僕の後輩は、一応「僕の彼女」ってことで、その女を立てるんですよ。やめてほしいんですけどね、どうしても立てる。でも、賢い女は、ちゃんとわかってるんですよね、「私はこの人の彼女なだけで、この人らはそれで私を立ててくれてるだけや」って。

ところが、アホな女は調子に乗るんです。なんか、僕の後輩を自分の後輩みたいな気になりおるんです。それはもう、絶対ダメですよ。

女って、そういうとこ、すごくあるでしょ。図に乗る。勘違いする。

たとえば、社長夫人という言葉が存在していること自体がおかしいんですよ。ヒラ社員の嫁も、社長の嫁も、ただの嫁なんですよ。それを自分のだんなが社長だからって、「社長夫人」という名前をつけられるっていうこと自体、おかしいんですよね。

そんなん言ってるうちは、男女平等なんて絶対ありえん話で。ファーストレディーとかね。そんなもん、大統領の嫁なだけで、なにおまえもちょっと国動かせてるみたいな気になっとんねん、みたいなのありますよね。

離婚で慰謝料もろてるうちは、ダメでしょう。僕が結婚するときは、一筆書かしたろう思ってるんですよ。「別れることもあるかもしれんけど、慰謝料は取らない」って。痛みは、どっちもいっしょやから。

僕がよく言うのは、ブサイクやとかアタマ悪いとか、それは別に悪くないんですよ。だって、しょうがないもんネ。いちばん悪いのは、それに気づいてないこと。これは、悪の権化やと思いますけど。気づいてない女、多いですねー。いや、そりゃ、びっくりしますよ、女って。

あんま行きませんけどね、ソープとか行くでしょ。すっごいババア出てきますもんね。で、平気ですもん。

もし、僕がそのババアなら、よう出ていかんもん。若い男の子が来たら。「ちょっと勘弁して、よお顔、出さんわー」って。

でも、ババア平気やし、自分が悪いなんて全く思ってないわけですよ。こっちはチンコも立たん。そしたら「お酒飲んできたんだー」。

＊結婚するなら自覚的ブサイク

おかしいですって。だって30ぐらいの男が風俗行って、敬語使ってる時点でおかしいじゃないですか。使いますよ、目上やもん。なんで、敬語使われてんのか、考えないかんよね。

店によっては、チェンジとか言ったって、「寝耳に水」みたいな顔してるヤツいますからねー、こわいなー、女って。

風俗以外でも、たとえばコンパとかするでしょ。

昔、1回あったんはね、山崎（邦正）が主催したコンパが、きつかったんですよ。きつかったって、相手のレベルですよ。そう見かけ。きついけど、追い返すほどではなかった。ほんで、あんま会話もなしに、まあやるだけやっとこうかってことで。僕は行かなかったけど、何人かそうしたんですよ。

けど、やっぱだめですよね。そこに行くまで、まったく盛り上がってへんわけやから。それで、山崎が女たちを送って行った。そしたら代表の女が言ったんですって。「あなたたち下手だよねー、もって行き方が」って。

アホか、と。おまえらがよかったら、こっちはめちゃくちゃうまいことやるっちゅうねん。

ええ女なら、どんなことがあってもやりますよ、百戦錬磨やねんから。そうさせへんかった自分らをぜんぜんわかってないんですよ。こわいですよねえ、女って。

僕は、ブサイクで、そのことよくわかってる女と結婚しますよ。むしろ、その方がいいなと思いますもん。

もちろん、仕事とか時期のこと抜きにして言えば、ですよ。現実には、結婚は全然考えてません。

ぶっちゃけた話をすると、ほとんどね、メシ食うにしても、一緒におるにしても、男同士でおるほうが絶対、楽しいんですよ。女と2人でメシ食っても、うまくないですもん。

まあ、その第一の理由は、僕がタレントってことですけど。女とメシ食いに行くとき、食いたいもん選べないんですよ。それより店で選んでしまう。あんまり人が来ないとか、女連れてっても大丈夫なとこ。

これ、悲しいことなんですよ。この仕事していて、いややなあと思う10個くらいの理由の一つですね。

それでも、プライベートになると女を求めてしまう。

なぜかというと、セックスが好きやからでしょうね。

そう考えてみると、女好きというより、セックス好きなだけかもわからないですね。

これでもましになりましたけどね、一時期に比べたら。昔はほんまにひどかった。自分以外の男がセックスすることが、腹立ってしょうがない時があったんですよ。7、8年前とか……。

もっと最近も、かな。

*彼女が僕のテレビを見ない訳

や、ええ女もへったくれもなくて、ええ女じゃなくても、とにかくセックスを、いま、僕じゃなくて、ほかのヤツがしてる。そのことで腹が立った。

なんで、それほど好きかと聞かれると、うーん、すごく卑猥《ひわい》な話になりますよ。

やっぱりセックスってねえ、その女の、親にも見せへんような、それこそどんな親友にも見せへんような、表情とか声とか出すわけですよね。それは、すごいことですよ。

愛おしい？　というより、うれしいですよね。

ただ、今はもちろん、それもあるんですけど、そうじゃない意味でも、女を見れるようになりつつあるかな。うん、たとえば、家に女よんで、セックスしなくても、しゃべって帰せることができるようには、なりつつある。

しゃべる中身は、相手によって変わりますからね。これ、僕の特技の一つですけど、ちょっとしゃべったら、ツボがわかるんですよ。

笑いの話をしたら、会話としては楽しいでしょうね。楽しいけど、じゃあそれが彼女かっていうと、ちょっと違うかな、というか。いままでつきあってきた女の子は、ほとんど僕のテレビ見ないんですよね、なんでかなあ。

だから、その子のこと意外と気にせんと、仕事ができるんですよね。彼女が見てるからその話できないとか、そういうのがあまりない。

もしかしたら、見てるけど、見ないふりをしてるかもわからない。見てて、わざと言わないようにしてるのかどうか、わからないですけど。

あと、すごく幼稚なことですけど、アウトドアな女はだめなんですよ。

ウインドサーフィンとか、もー考えられないですわ。どっちかいうと、文科系の女が好きですね。本とかビデオとか。

たとえば、僕が本読んでる、むこうはむこうでそのへんで勝手に本読んでるとか、けっこういいですよね。

料理とかは、下手やろうがうまかろうがどっちでもええねんけど、（見た目の）ええ女の条件みたいなもん、なんとなくあるんですよ。ええ女はあまり汗かかない、とか。

＊そして笑いと男と女について

その一個に、ええ女は料理が下手やっていうのが、僕の中にあって。だから、料理がうまいと、あ、そんなええ女じゃないんかなと思ってしまうときがあるんですよ。

まあ、身の回りのことを女にしてもらいたいって欲求は、全然ないですね。

僕が思うには、男は１００人おったら、そうやなあ、70人から80人くらいがアホですよね。女はね、95人アホですね、うん。

どういう意味かというと、僕はやっぱり、笑いのとこいってしまうんやけど、笑いのセンスないヤツなんてアタマ悪いとしかいいようがないから。なんぼ、学校の勉強できるかしらんけど。男の方がはるかに笑いのレベル高いでしょ。

おもろい女いますか？　こいつ、ほんまおもろいわって女。天然とかでなくて、ちゃんと計算して、フリもきっちりできて。そんなヤツいませんもん。

なぜかというと、性欲がないからじゃないですか。つきつめていったら、笑いと性欲はつながってんじゃないかと思いますけどね。

男に比べて、女のほうが明らかに性欲ないですよね、基本的に。男は性欲があるから、行動を起こすんですよ。たとえば、女を楽しませようとするじゃないですか。

その点、女は自分から笑いを取りにいく必要なんてないわけですよ。いい女なら、周りの男が寄ってきて、話しかける。それに対して笑いで落とす必要なんてない。だからやっぱり鍛えられてないというか、笑う側だから。だから、やっぱり、男のほうが、笑いに近いところにいるんですね。

なんかこう、コップがあったらね、そこに笑いをドボドボ入れていくでしょ。これ、男に対して入れていくわけですよ。そうすると、あふれて、こぼれるじゃないですか。そのあふれてこぼれたくらいの量で、十分、女は笑わせられるんですよ。

いま、うまいこと言いましたね。

だから、仕事では男にターゲットをしぼっている。笑わしたい相手は男です。でも、プライベートでは、女を求めてしまう。

これはもう、僕の永遠の矛盾というか、矛盾はしてはないけども、永遠のテーマでしょうね。

大人について　Adults

＊合流でたまることについて

世間でいう「大人」って、「兵隊」みたいな意味だと思う。うん、大人はやっぱり兵隊なんですよ。兵隊に近い人間は、「ああ、あの人、大人だね」っていう話になるわけですよ、結局ね。

東京に出てきて、すっごい日本人って兵隊なんやって感じましたね、いまでも感じてるけど。

たとえばですよ、車の運転って、けっこう人の性格が出るから、すごくわかりやすいと思うけど、東京の人は、信じられへんような運転してますよね。あれが、いわゆる

「大人」なのかなあ、と思いますね。

たとえば、合流あるでしょ、合流。合流の始まりのとこで、ずらーっとたまっとんねん。そこは合流の始まりであって、少し行ったとこで合流したってええわけや。なのに、絶対、始まりのとこで合流しようとするから道がこむ。オレができるだけ遠くのとこで合流しようとすると、「なにー?」みたいな目で見られる。

アホですよ。東京のヤツの運転は、なんでこんなにアホなんやろって、ずっと思ってたけど、最近、気づいたのは、多分違うね。東京の人間はきっとそうでもないと思う。東京に住んでるいなかもんが、東京に負けてんねん。

なんか、ちゃんとせなあかんというか、そのちゃんとがずれてもーてんねんけど、それがちゃんとしてることやと思ってしまってるし、なんか東京で恥ずかしいことしたらいかんていうか、いなかもんやとばれたくないとか、いろんなそういう気持ちがどんどん合流でたまらしてると思う。

合流でたまることが都会になじんでると勘違いして、たまってるオレは東京人で、東京人というのが大人で、カッコイー、スマート、みたいな。そういうバカな公式を作ってるよね。

そう考えると、やっぱ大阪の人間は子供やけど、それはもちろんいい意味で、いい子供やと思う。バカな大人じゃない。

今日でも、このスタジオ来るとき、ズラーッと車が並んでる。2車線あるのに、ほんまびっくりするくらい1車線になってんの。なんでこっちの車線使えへんのやろ。左に曲がるから左に寄ってるんやってことかもしれんけど、とりあえず曲がるまでにはだいぶあるんやから、いまはこっちの車線を使って、入れるときに左に入ったらええやんって思うねんけど、ズラーッと並んでる。

こいつらアリやなあ、思ってね。こいつらもう、アリ。オレは、こいつらの1匹にはなりたないわ、と思って。

こっちの人、ファミレス好きでしょ。なんでやろ。ほんま好きやなあ、と思ってねー、ファミレスねー、別にええねんけど。

あれも兵隊的な感じするなあ。

ファミレス入るために車並んでるときあるじゃないですか。考えられへん。

あと、ベンツとビーエム多いでしょー。そんなにいいクラスじゃないよ。中途半端なクラス。多いよねー。

ま、とりあえず、これ乗っといたら無難やろ、まあそんな恥ずかしないしって、それはすごい見える。

多分、ファミレスもそうちゃうかな。まあまあ、ファミレス行っといたらええかって。そこが嫌いやねん。兵隊やねん。

＊おみこしについての自慢

それで言うなら、エアマックス。かっこええか、あれ。全然、かっこよくないぞ。単純に、デザイン的にも、センス的にも、ほんまかっこええと思わへん。

あれも、エアマックスがかっこいいんじゃなくて、はやってるのを履いていることがかっこいいんでしょ。だからもう、かっこいいが、ずれてんですよ。

たとえば服見てるでしょ。従業員寄ってきて、「これ、いちばん出てるんですよ」とか言うてくるでしょ。

アホか。なんで、いちばん売れてるヤツをオレが着んねん。

言われた瞬間、服、戻すね。

仕事やってても、そう感じる。ひとつ番組がちょっと当たったら、みんなそっちにワーッと集まって。そう、砂糖に群がるアリ。

たとえば、鑑定もん、ほかの局も平気でやってるもんね。節操ないっちゅうかプライドないっちゅうか。考えられへん。死んでもイヤやわ。

それでつらいのがね、僕は兵隊になりたくないと思ってるわけですよ。それで、人が向こうの道に行ってるとき、僕はこっちの道を行ってる。そしたらこっちの道がおいしいと気づいたら、みんな僕の方に来よるわけですよ。ほなら、僕は兵隊になりたくなくても、気づいたら、兵隊のいちばん先頭になってるときがあるんですよ。

こんときが、さあ、どうしよう、と。ほなオレは、また次の道を探さねばならんのかって。

いつも悩みどころなんですよ。

僕はずっと、団体行動が苦手やと思ってた。けど、苦手じゃないんやなー、嫌いやねんな。人とおんなじ方、向いてるの、耐えられへん。

これは僕の自慢の一つやけどね、小学校の低学年ぐらいかな、町内のおみこし、僕ひとり、絶対参加せーへんかった。みんな喜んで担いでたけどね。なに担いでんねん、なにが楽しいねんって、ひとりで。

あと、そろばん塾ね。とりあえず、猫も杓子《しゃくし》も行ってたね。でも、断固行かなかった。親にも言われましたけどね。「そろばん、行き」って。

で、1日だけ行ったんかな、でも、気持ち悪くて、やめた。みんな黄色いかばん持つのね、塾のくれる。あれがもうイヤでねー。

なんか虫酸《むしず》が走った。

小学校3、4年生ぐらいからは野球ですよね。これがまたイヤでね。まず、どっかの球団を好きになって、応援するってことができへんかった。

一時期、ちょっとやってみようかな、オレも好きになってみようかな、って思ったことがあったんですけど。中日を好きになってみようかなって。

それはオヤジが、あんなオヤジやってんけど、珍しく中日の帽子を買ってくれたんですよ。それでね、中日を好きになろうと思った。

中日をオレは好きなんやって必死に思ってんけど、どうも自分で自分がのってない。阪神ファンで阪神負けたら、ほんま怒ってるヤツいるでしょ。いまもいっぱい、いますけど。

僕は中日が負けても腹立てられへんかったし、勝ってもそんなにうれしいとも思われへんかった。こりゃ、やっぱり無理やなあって。

いまでも、オリンピック見てても、全然応援できへん。有森とかいっても、あの子のことなにも知らんし。同じ日本っていうだけのことでは応援できへん。せめて同じ町内とかね。

それと、やっぱ自分のやってることのがすごいっていう気持ちが、人いちばい強いから。金メダルがどうしたっていうねん。オレ、年間、何個、金取ってると思とんねん、みたいな気持ち、あるから。

＊葬式には極力行かない

そうねー、だから僕は、お笑いがなかったら、ほんまにどうしようもないヤツですよね。

結局、人と違った感情を持ったり、違う行動を取るのはいけないことやっていうだれかの教えがあって、それに逆らうことがいけないことだという感情を常にもっている人が大人なんでしょうね。僕なんか、逆らってなんぼやとずっと思ってきたから。

この世界にいると、前にあの人には世話になったとか、そういうことはありますよ。

でも、そういうものもできるだけ排除したい。

だから、結婚式とか葬式とか、できたら僕は、極力行けへんようにしてるんですよ。あんなのウソやもんね。

葬式なんか、気持ちやからね。行っても気持ちがなかったら、行けへんほうがましやし、行けへんかってもちゃんと心の中に気持ちあったら、そっちのほうが絶対いい。

僕がもし死んでね、「あれ、喪服どこやったっけー」って思われるだけでもイヤやしね。「ワー、雨降ってんでー」とかね。

そんなん思ってほしくないし、そんなん思うぐらいやったら、来てもらわんでええ。気持ちってすごい大きいですよ。思ってないのにフリするとか、そういうのすごいイヤやねー、恥ずかしい、自分が。

このごろチラッと感じるのは、やっぱりねえ、兵隊になるっていうことは、努力してないってことなんですよ。

お笑いタレントで努力してるヤツいますか。矢面に立ってるヤツ。おもしろいとかおもしろくないとか、判断される場所に出てこないじゃないですか。バラエティーというたって、違うことやってる。

もちろん、なにからなにまで計算して作った笑いの番組ばかりの必要もないんやけど、でもそういう番組も、1つくらいもっといてほしいな。それ持ってない人間が、お笑いタレントとかいうてほしないわ。

＊存在理由はなんやねん

ほかの世界でも、そうですよ。努力してないなって思うとき多いですよ。たとえば、タクシー乗って、道知らんかったり。考えられへん。そこがおまえの命やろって。それとか、食いもん屋行くでしょ。まずいとこあるじゃないですか。びっくりするよねー。食いもん屋やってて、カネ取っててまずい。わからん。

笑いなら、わかる、わからんっていうのあるかもしれんけど、人間の味覚って基本的にはいっしょやねんから、オレが食うてまずいもんは、やっぱりまずいと思うねん。おまえもオレと同じ味覚持ってて、なんでこれを平気で出せてんのか。

まあええわ、みたいなことなんでしょ、きっと。客もそこそこ来るし、まあええわーって。そんなら、おまえの存在理由はなんやねん。

だからオレ、この世界で成功したけど、もしかしたらこの世界じゃなくても、そこそこ成功してたんちゃうかなーってチラッと思うね。

まあねえ、考えようによったら、兵隊は多いほうがいいかもわからんしね。みんながいろんな方向に行ったら、オレの行く方向なくなってしまうからね。

ただ、兵隊の運転手のために、なかなか先に進まれへんかって、仕事に遅れたりするんだけやめてくれたら、ずーっと左車線にたまってなさい、たいしておいしくもない店、ずーっと並んどきなさいって感じかな。

親父について Father

＊メチャクチャ暑い夜のこと

30過ぎて、いまやから言えるかなーって感じですね、親父の話は。

おかしいんですよ、うちの親父は、頭がね。世間一般の親父と全然違うというか、愛情があるのかないのか、ほんまにわからんかったし。不思議な人ですよ。

はっきり覚えてるのは、小学校のころ、家族みんなでいるでしょ。そしたら、突然、

「わしは子供の中で、隆博がいちばんかわいい」

って言ったんですよ。隆博っていうのは、兄貴なんですけどね。そんなん絶対、言ったらあかんことでしょ。おかんは怒ってね、

「アホか、あんたは。私は3人の子供、みんな同じくらいかわいいわ」

って、言ったんですよ。それでも、

「いや、わしは隆博さえおったらええ」

って。や、冗談とかで言うんやなくって、マジで。そんなん言われたのが、2回くらいありましたからね。

子供心に、なんでこの人は、そんなこと言うんだろって思いましたよ。兄貴も優しい兄貴で、そんなん言われたらいやな顔するんですけどね。とにかく、可愛《かわい》がられた記憶はないし、簡単に言うと、オレのこと好きじゃなかったみたいですね。

でも、それでも子供には反発する力はないでしょ。そんなん言われても、イコール親父が嫌いにならない。兄貴がすっごくうらやましいと思うんですよ。兄貴みたいになりたいって思とったなあ。

ひとつ忘れられへん事件があってね。夏に、メチャクチャ暑い夜で、うちにはクーラーなんてなかったですから。そしたら親父が、

「散歩行こか」

って、言ったんですよ。オレを誘うなんて、珍しいなあと思ってね。そのころ親父、

バイク持ってて、前に座らせられるんですよ。半分、親父が椅子《いす》あけてくれるみたいなカッコで。そのことがうれしいし、単純に涼しいし、ええなあ、どこまで行くんかなあと思って乗ってたら、もう延々、走るんですよ。延々、走ってすっごい広い、なんやろ埋め立て地みたいなところに着いて。ほかにだーれもおらへんとこ。

そこでバイク降りて、2人っきりで歩いてんけど、なんかそのとき、親父がオレから離れよう離れようとしてるように思えたんですよ。オレ、ひょっとしたら、このままここに捨てられるんちゃうかなって思いましたもん。だから、なんとか親父と離れへんようにに離れへんように、もう必死に歩いて。最終的にはそんなこともなく、またバイクに乗って、うちに帰りましたけど。

でも、子供がマジで、「捨てられるかもしれん」と思ってしまう状況に至ってたって、すっごいことですよね。

兄貴ですか。いくつ上なんかな、2つやったかな、3つやったかな、忘れた。まあ、一大人から見て、2人の男の子を比べたときに、やっぱり兄貴のほうが、勉強にしてもスポーツにしても勝ってたでしょうね。兄貴はまあ、優等生タイプでしょうね。

優しい兄貴でしたね。男兄弟って兄貴が親分みたいになって、弟が子分にされたりするもんですけど、うちの兄貴はほとんどそういうことなかったですね。いまは、ごく普通の人ですよ。普通の勤め人ですね。

*松本人志へのスパイス

兄貴の上におねえもいて、もちろんおねえもそんなに可愛がられたとも思いませんけど。でも、やっぱり男と女は違いますから、反発とかってそれほどのもんでもないでしょうけどね。僕は中学生、高校生になっても、ずっと親父に言われたことが頭にあって、どんどん反発に変わっていった。

吉本（興業）入るときも、ぼろっかす言われたもんね。「絶対、無理や」って。「おまえみたいなもんは、なにやっても絶対成功せえへん」ぐらいのこと言われましたもん。

でも、いまは、それでよかったと思うね。結局は。

よかったと言うても、あの親父の育て方が正しかったって意味やないけど、そら、もう、すっごいなんて言うんかな、「絶対、出世したろ」みたいな気になりましたよねえ。

20代のころはずーっと、

「絶対、成功して、絶対こいつの面倒みたらんとこ」

って思ってましたよ。

だからまあ、いまの松本人志を作るのに、親父っていうのは、絶対なくてはならんかった、かなり強烈なスパイスであったことは間違いないですよね。ただ、そんなスパイスないほうが、一人間としては、よかったんでしょうけどね。向上心は乏しいかもしれんけど、もっと普通の人間になってたやろから。

愛に飢えてるとやっぱ、屈折した人間になるでしょ。すなーおな子にはなれなかった。ものごとをなんやちょっとひねって、曲げて見るような子になりましたよね。ひとつのものを違う角度から見たり、子供のころからひねくれたものの見方をしてるっていうのは、絶対、笑いに通じるもんがあるじゃないですか。屈折が笑いというものと出会って、いい形でほんまに出たんでしょうけどね。

＊子供にハワイが必要か

いま、親父のことを全部許せたとかは言わんけどね、別にもうええわーって感じかな。いまでも別に好きやないですよ。でもほら、やっぱりおかんの面倒は見てやりたいって気持ちはあるから。おかんは普通のおかんやないかと思うけどね、まあねー、おかんがいなかったら、ほんま救いようがなかったですもんね。

それと、うーん、そうやねー。

別にフォローするわけじゃないねんけど、この世界入って、全然仕事がなかって、バイトしたほうがいいんですけど、難しいのは、この世界に片足つっこんでると、急に仕事が入るんで普通のバイトできないんですよ。だからバイトもなかなかないんですよ。水商売もちょっと違うし。それで、ちょうど親父の勤めてる会社でバイトできるみたいな話になって。

で、行ったんかなあ、なんやろあれ、室内装飾みたいな仕事やったんですよね。終わったあと、くずがいっぱい出るんでね、それを掃除するんですよ。そんとき、親父が掃除してんのを、ガーッとほこりまみれで、ほうきで掃いてるのを見て、親父も大変やなーって、そんとき思いましたね。それ見て許せたわけじゃないけど、ああこの人はこの人で頑張ってはるなあって思って、ちょっとソフトにはなりましたね。

なんでこんな親父の話をしてるかというと、いまの親、すごく子供を可愛がるなあって思って、それに対する反発かな。うちの親父ほどせんでもね、もうちょっと子供を突き放してもええんちゃうかなって思いますよね。

正月とかに、成田とかの様子をテレビで見てたら、子供いっぱいいますやん。はっきり言って、子供なんかね、ハワイ連れてってもしょうがないでしょ。

新幹線でグリーンに子供乗せたり、もう時代が違うんかもしれんけど、その子供、大きくなったら立派な大人になるんかな。それとは別なんかな。みんな同じような大人になるんちゃうかなあと思って。

コンプレックスのかたまりなんでしょうけどね。親父の愛に飢えてて、家も貧乏で。いまでも金持ちの息子は好きになれんし、2世タレントなんかもやっぱり好きになれんもんねー。2世タレントには2世タレントのつらさがあるとかいうけど、そんなことないよ。や、あるでしょうけど、しれてるよ。だって、2世の役者とかあんないっぱいいるけど、親父が役者で売れてて、息子が役者で売れるなんて、ほんまの確率でいったら0・00000ぐらいじゃないですか。そこになにか間違いがあるってことなんですよ。目に見えへん力が入ってるってことなんですよ。おかしいもん。

うちは、とにかく貧乏でしたからね。

僕の周りはみんな、そこそこ貧乏やったんですけどね。浜田のとこでも貧乏やったろうし、ほかの友達でも、みんな家は汚かったし狭かったけど、そのなかでもうちは、特にヒドかった。たとえば「ピンポンパンデスク」とか、みんな買ってもーたりしてましたからね。高さの調節できるやつ。

うちはそんなんなかったもん。あんな机持ってなかったの、僕ぐらいちゃうかな。なんで勉強してたんやろ。なんか拾てきたような机ちゃいましたかね。どっかからもろてきたんかな。や、マジでどこかで拾ってきたんちゃうんかな。

だからこう、なんやろな、つらいことがあったとき、あるんですよ、自分のなかで。絶対、負けへんぞって。おまえらみたいなあったかい家庭に育った、そこそこカネもあったおまえらなんかに、なんでオレが負けるんやっていう気持ちが。なーんとなく、世間全体に対してね。

僕がよく言うのは、貧乏人は金持ちの生活って、だいたい想像つくんですよ。でも、金持ちには貧乏人の生活は想像つかない。細かいことは、絶対わからん。

ハミガキなくなって、はさみで切って、中に歯ブラシつっこんで歯を磨くような、そんなこと、金持ちには絶対わからないですよ。だから、知識が豊富なんですよ、貧乏人のほうが。

＊33歳にして思うこと

この前、仕事で尼崎に帰ったけど、みんなそりゃ、僕らのころに比べたら、きれいなカッコしてるしねー。街全体というか、日本全体がねー、そうなってるよね。

そう考えると、もうお笑いタレントって育てへんのかなーっていう気がするなー。下から見上げるようなねー。やっぱり笑いって、下から上を見てやってくもんやから、すべてのものに対してね。笑いは金持ちになんて、絶対できないですって。

だから僕は、貧乏人のほうが上やと思ってる。そう、「笑いは、下から上を見てやってく」っていう言い方は、むしろ逆なんかもしれんね。「金持ちは、自分らが上やと思ってるかしらんけど、ほんまはこっちのほうが上なんやということを笑う」というか、まあ、そういうことかな。

まあ、とりあえず、僕の中では、33歳にして、親父に対する答えは出てないですね。憎しみはないけど、オールオッケーとは言われへんし。この先、どうなるのかな、わからん。

この前、僕の番組に兄貴が出たとき、兄貴の子供といっしょに親父も来てて、孫と遊んでるというか、いっしょにいる親父を見たんですよ。すっごく優しくて、ああ、そうか、そういうもんなんかなーと思いましたね。

大阪について Ōsaka

＊笑いとタイガースの共通性

僕はあんまり、郷土愛とか母国愛とか、そういうのんがないんですよ。尼崎にしたところで、行けば、懐かしいなとは思うし、口にも出すでしょうけど、まあ言うてもそれだけのことですよね。

だから、大阪にしても、好きなとこもあるし、腹立つとこもあるし。まあ嫌いじゃないんやろけど、売れる前の迫害されてた時期が長かったんで、そっちに対する印象が強いですよね。

18から23、24になるまでの、5、6年の間かな。当時でいうと、大阪のお笑いはすごいものやったから。とてもやないけど、僕らが笑えるレベルのものじゃないものやったから。かなりつらかったですねえ。

漫才ブームのあとですね。お笑いがすごい脚光を浴びて、それが終わったときやったから。ブームの後って、反動来るからね、1周して元に戻るまで、時間がかかる。

お笑いそのものがかなりつらかった時期ですね。

大阪の客ってね、ほんまなかなか新しいものを受け入れへんのやけど、受け入れたらもう、すごいですよ。ほんま、根強いんですよ。

そりゃ、たいしたもんやわ。だってね、大阪は時間止まってますもん。お笑いについてはね。僕らがおったころから、なんにも進歩してないですもん。当時、人気のあった大阪の芸人さんはいまも人気あって。

だからいいとか悪いとか、言ってるんじゃないんですけど。

僕は、野球のことは知らないですけど、タイガースなんかもそうなんやないすかねー。一度売れてしまえば、おもしろいとかおもしろくないとか関係ないとこに行ってしまうからね。キャラクターが認知されるかどうかが勝負、ってとこやから。

その意味で、お笑い中心にやっていくには物足りないところって気がしますね。

たとえば僕が大阪帰って、タレントやって、おっちゃん、おばちゃんから支持を得ようと思えば、すっごい簡単やなあと思うんですよ。怒って、泣いて、笑って、それを極端に表現したらそれで、

「ああ、この人、ええ人や」

って、なるんですよ。

簡単やなあって思いますよね。単純なんかなあ、単純なんでしょうね。

東京は、売れるのは大阪に比べて簡単やと思うけど、そのかわり、落ちるのも簡単でしょうね。

その違いは、そうやなあ、どの世代を制覇するかっていうことで言えると思うんですけど。多分、東京はおばちゃんを制覇してもダメなんでしょうね。

みのもんたさんは、東京で多分、おばちゃんを制覇してると思うんですけど、若い人はね……。僕はでもね、あの人はちょっとええ人かなって思ってるんですけど。嫌いじゃないなあ。あの人、女好きやしね。

その点、大阪はおばちゃんさえ制覇すれば、もうガップリなんですよ。

＊「ええ人や」と思われること

だってね、大阪のハタチくらいの女の子ってね、おばはんですよ。若いだけで、おばはんやもん、完全に。話してることとか。ほんま、見た目が若いだけで、中に持ってるもんはすごいおばはんですよ、すっごい。

なんやろね、東京とかこっちの若い女の子は、自分とこのお母さんみたいにはなりたくないと思ってますよね。大阪の女は、自分のおかん目指してるとこ、あるんちゃうかな。

大阪のおばちゃんだますの、めちゃくちゃ簡単ですよ。

「この子、最近よう見るなあ」

でオーケーになってしまうとこあるからね。テレビ見てて、顔と名前が一致したらええみたいなとこね。それだけで、なーんもないタレント、大阪にはけっこうおるやないですか。

だから、おばちゃんに的を絞れば、もっと早く売れたかもわからないですね。

だけど、僕には到底、できないことですよね。ええ人やなんて、言われたいとも思えへんかったし、笑いで勝負するしかないやろって思ってましたね。ほかに武器ないし。それにね、世間一般にええ人やなあって思われてる人間に、ええ人はいないと僕は思ってますから。本当のええ人って、ええ人って思われへんようにしてるんじゃないかなあ。

こんな言い方はしたらおかしいかもしれへんけど、おかしいことはないけど、あんまりこういう言い方はしたくないけど、僕のことをええ人やと思ってないじゃないですか、世間は。

と、いうことは、ええ人を見分ける力がないってことなんですよね、単純に。はっきりとした答えじゃないですか。

これを言うと、僕が自分のことをええ人やって言ってしまうことになるから、こういうのはいややねんけど。

え、大阪のおっちゃんですか。大阪のおっちゃんはおもろいですねえ。大阪のおっちゃんは、おもろいなあ。なんやろな、頭が狂ってるからね。

何年か前に、NGK（なんばグランド花月）の横がね、火事になったんですよ。それで、ほんまに忘れられへんけど、その前にたこ焼き屋があって、そのたこ焼き屋のおっさん、自分の家の裏のとこが燃えてるんですよ。でも、たこ焼き、焼いとんですよ。あほか、思ってね。

＊いてまえ精神の罪と罰

もう、そこまで火の手が来とんねん。でも、たこ焼き、焼いとんねん。ごっつい燃えてましたよ。ほんま、笑うわ。そいで、客来たら「まだ焼けてへん」なんて、言うてたからねって、それはウソ。知らんけど。でも、大阪のおっさんって感じしたなあ。

なんかねえ、おっさんに限らず、おばはんもそうかもしれんけど、大阪はね、いい意味でも悪い意味でも、頭がアナログなんですよ。古いという意味よりも、雑ってこと。アナログな携帯電話といっしょで、すっごく盗聴するのが簡単なんですよ。もう、読める、読める。

たこ焼き屋のおっさんは、

「そのうち消えるやろ。ま、ええわ、それより客来てるから」

って、思ってたんでしょうね。客来てんのも、おかしいんやけど。

そうやね、東京の人は、盗聴ブロックしてるね。あったかいとか冷たいとかの違いとは思わないですけどね。盗聴されてもええわと思うか、思わないかの違いやと思うけど。お笑いを離れて考えるなら、ま、僕なんかは、たとえば政治家とかが全部大阪人で固められたら、日本はかなりパワフルな国になるやろなあと思いますけどねえー。大味やからねえ。いてまえ精神みたいなのがあるから。まあ、ええんちゃうみたいなとこが、けっこうあるから。そこが好きなとこであり、嫌いなとこでもあるけどね。好きなとこは、なんやろな。車の運転とか、あらいけど、合理的なとこかな。嫌いなとこは、1回認めてしまえば、オールオーケーになってしまうとこかな。まあ、ええんちゃうって。だから、ええとこ、悪いとこ、両極端やなあ。

吉本興業っていう会社を見てても、やっぱりええ加減やなあって思うしね。そりゃ、ええ加減な会社でしょ。

いま、お笑い以外のこともいっぱいやってますからねえ、そのことに関しては、僕はわからないけど、少なくともお笑いに関して言うと、ダウンタウンがおれへんかったら、吉本興業はね、そりゃ間違いなく終わってる。ダウンタウンが吉本におらへんかったら、あと、だれも出てこなかったですって。もう、いっさい出てこなかったでしょう。

いま、吉本でお笑い目指している子っていうだけで、ま、おもろいやろなっていうふうに思われてるけど、それはやっぱり、ダウンタウンの力が１００パーセントかな。だから、吉本はそのへんどこまでわかってんのかなと思ってね。なんかこう、持ってこいっちゅう話やね、ダウンタウンに、年末の時期とか。お歳暮とかね。なんも持ってきいへんね。

実際は、いま、若い人、おもろくないもん。そりゃ、もうわろてまうぐらい、おもろくないね。ま、部分、部分は、おもろいとこあるかもしれんけど。顔で言うと、君のその眉毛いいねとか、髪形いいねとか、そんなんあるけど、ま、部分部分だけで、結局、ブサイクですよね。２人でやってても、１人はよくても１人はだめ。２人ともバシッというのはないね。

まあ、世の中、おもしろいもんで、確率の問題でしょう。２人がいて、おもろい２人がコンビやなんてことはねえ、そらねえ、なかなかないですよ。

＊喜怒哀楽と選挙の当落

大阪は、笑いを中心にやっていくには物足りんていう気がするねえ。仕事で言うたら、ま、東京が自分のいちばんやりたいことができるとこやから。細かい問題点はいろいろありますけど、大阪やったら、まず、カネないし、やっぱアナログやから細かいところに配慮が行き届かないでしょう。どっか、「いてまえ」みたいな、勢いだけでいってしまうとこがあるから。

それもたまにはいいんですけど、そればっかりでは困るし。「まあええんちゃう」とか、「いてまえ」ではすまされへんてことを僕はわかってるから。

まあ、この仕事離れたら、アナログになるかもわからないけど、でもまあ、いまはデジタルやね。デジタルやないと、僕がええ人ってことばれてるからね。隠すの大変ですから。

とにかく、大阪は根強いから、そう僕が40、50になって、大阪戻って、まあ芸人やりながら、選挙出たら通るでしょうね。

あ、オレは無理かなあ。浜田はいけるな、絶対。典型的な、喜怒哀楽のはっきり出る人間やから。せやし、つっこみの方が、より親しまれるんですよ、絶対。

ええ人と思われてやる笑いもあるし、そういうのもやればできるかもしれへんけど、それはビルの10階から飛び降りることができますかっていうようなもんで、飛び降りるのは簡単やけど、でもやっぱりせえへんもん。ってことはやっぱり、できへんってことやからね。

かといって、ずっと東京人かって聞かれてもねえ。ま、こっち、東京が長いから、標準語になれてるっていうのはありますから、女の子見たとき、その口から出る言葉は標準語やって頭ん中で完全に思ってしまってるから、パッと大阪弁出てくると、ウワッて思うのはあるけどね。

イメージについて Public Image

＊いちばん傷つくこと

女について書かれること、多いでしょー。
100パーセント、ウソやね。ほんまのことなら、書いてもらっていいんですよ。別にアイドルじゃないからね。でも、ほんと、全部ウソやから。
僕のイメージがね、女にすごく冷たかったり、あと、後輩使って女に声かけたり、そういうのがすごい強いと思うんですよ。だから、そっちの方向でどんどん、ウソが膨らんでいくんですけど、僕はほんまに女に恨まれたことないし、どろどろになって別れたこともないし、後輩を使ってそういうことしないから。

そんな女が存在せーへんのに、その女のことを書くわけですよ。で、まずそこに、1個のでかいウソがありますよね。で、そのでかいウソに真実味をつけようとして、また細かいウソをいっぱいつけないとダメじゃないですか。その女との会話とか、それから、なんでしょ、ことに至るまでの流れとか。『やらしてくれ』って頼んだ」とか「半ば強引にやった」とか。

それがもう、いちばんプライド傷つくわ。いちばん、いや。そんなこと絶対ない。セックスは頼んでやるもんやないと思てるし、そういうもんじゃないから。

そりゃ、自然にやるもんでしょ。女がたまに「やり逃げ」とか言いますけど、そんなもんでもないしね。なんや「やり逃げ」って。逃げてへん、言うねん。だから、そういうこと書かれるの、すっごく腹立つんですよ。

口説き文句とかね、読んでて寒いでしょー。ま、ウソやからね。会話の1個1個が、もう全部ウソやから。で、大阪人が見たらすぐわかるんですよ、大阪弁じゃないから。「ワイはー」とか、そんなん、言えへんちゅうねん。

あのねー。僕がここでなんぼ言うたって、信じてもらわれへんかもわからへんけど、ほんまにやった女で（マスコミに）言ったヤツは1人もいないですね。卑怯《ひきょう》なのかうまいのかわからへんけど、ほんま恨まれるようなつきあい方せーへんから。

結局、イメージやね。女に冷たいし、見境ないというか、女を選べへんみたいなイメージ。

メチャクチャ選びますよ。そんなねえ、おかしな女には絶対、引っかかりませんって。ちょっと喋《しゃべ》ったらわかるもん。こんなんやったら、あとあと絶対、うっとうしいってわかるから、そんなヤツには手、出しませんって。

取材する側も、話聞いたらウソってわかるでしょ。でも「こいつがこう言うてるし」って、だまされたふりして書くのかなあ……。けど、そんな女もいないでしょ、きっと。実体のない女ですよ、どうせ。

後輩使って口説くって話も、僕がドカーンとこう（存在）してて、なんちゅうのかなー、あいつらがハハーッていう感じで頭に描いてると思うんですよ。

全然違うからね。今田（耕司）、東野（幸治）、山崎いうたって、一人前なんやし、そんなんしませんって。

だいたい「なになに食えへん？」って言うたら、「いやー、いいっすわー」言われて、「そなら、なにする？」って言って、「あれ食いに行きません？」言われて、「そうしょうかー」って、そんなんやから。「おまえら、行ってこいー」とかそんなんで、だれもついて来まへんって、きょうび。軍隊やあらへんやから。

＊1週間に1度という無理

仕事のことについても、全然わかってへん。ＡＤ殴ってるとか書かれてますけど、そんな空気の中で、お笑い番組、つくられへん。

バラエティー番組をね、怒鳴り散らして、ガーッ殴って、できます？　そら、イライラして怒る時もあるけど、「スタジオで怒鳴りあげて」とか、そんなんじゃないですよ。プロいったって人間やからね、ガーッ怒って、すぐにコントできませんって。朝1回、切れてしまうと、1日気分悪いし、テンション上がらへんもん。

だから、むしろ逆なんですよ。腹立っても抑えてまうぐらいなんですよ。で、ストレスたまる。ここで切れたら空気悪なるから、終わってから言おうって思うんですけどね。でも、終われば終わったで、もう終わったことやから、ここでまた蒸し返しても、って思うから……。

自分が書かれる立場になってから、ほんとに週刊誌、スポーツ新聞に関しては、ほっとんど信用せんようになりましたね。たまに冗談で言うねんけど、東スポなんかに関していえば、番組欄もウソちゃうかって思うぐらい。ほんまにこの番組やってんのかなーと、思うぐらいと思います。

芸能ネタがほとんどの週刊誌って、あるじゃないですか。1週間にね、そないないって言うねん。

1週間に1回、あんな分厚いほど、できごとあるわけないいんやから。月刊でもあんなにネタないはずやわ。

うん、それがもう、真実、語ってるもん。

そりゃ、タレントいっぱいいますよ。いますけど、いわゆるそんなに売れてないタレントのこと、書けへんわけやからねー。それで週に1回発行しよう思ったらね、そりゃほんまのこと書いてたら、発行できへん。

ちょっと前の話になるけど、すっごく腹立ったのが、ボクシングの渡辺二郎さんが恐喝かなんかで捕まったんですよ。すっごいでっかい記事が1面に載っててね。それで結局、何日か後に処分保留で釈放されたんですよ。ね、その記事がめちゃくちゃ小ちゃい。

おまえらは報道する権利もあるかもしれんけど、義務もあるやろって。少なくても釈放されたことを知ってる人より、逮捕されたことを知ってる人間の方が多いから。そりゃもう、なんかすごいやですよ。

僕もね、人の悪口とか言いますけど、僕は松本人志っていう名前をはっきり打ち出して言うてます。彼らは、だれかわからないでしょ。後ろから殴るみたいですよね。いたずら電話といっしょ。っていうことについて、どう思ってんのかなあと思ってね。悲しくないのかなって。

そこへもってきて、自分の意見のくせに人の意見にすりかえるじゃないですか。芸能関係者とか事情通とか。そんなのおれへんからね。けんかにもならんですよ。

こういう手法、使われたんですよ。これもう笑ってもーたけど、小室（哲哉）さんのことについて、「音楽だけであんなに稼ぎすぎやと、松本が言うのも無理はない」って、書いてあったんですよ。

＊暴露してない「暴露本」で

もう1歩先行ってもーてんですよ。いやいや、ちょっと待ってくれ、いやいやいや、なんにも言うてない俺の味方になってくれるなよって。

わかる？

そんな俺、おらへんのにやね、俺の味方になってもーてんねん。

小室さん、あの記事読んだら、気悪いんちゃうかなー、「あー松本君、どっかでそんなこと言ったのかなあ」って思うじゃないですか。

でも、小室さん、会うても僕に別にそんなこと言えへんし、言われてもせんのに弁解するのもおかしいから、そのまま終わりですよね。もしかしたら、ずーっと小室さんのなかに（そういう思いが）あるかもしれん。僕も「小室さんのなかにあるんかもわからん」と思いつつ、何も言われへん。

って、気持ち悪いでしょー。

だから、僕ね、僕のことを中傷する記事を書いてる人に言いたいんですよ。

「あ、そうですか。あなた、ほんじゃ俺より偉いんや」ってね。ほなら、あんたはなんで俺より収入も少なくて、俺より女にもモテへんで、俺よりいい家にも住んでなくて、俺よりいい車にも乗ってないんですかって。すべての面で俺より負けてるやん。

それを自分のなかで、どう整理してんのっていうのを1回聞きたい。

この本を読んでる人なんかも、素人ですから、そんなならなんで裁判とかせーへんねんって、きっと思うと思うけど、たとえば「暴露本」を出される。「暴露本」って言葉、だいっ嫌いですけど。暴露されてないから、「ウソ本」をね、出される。それじゃ、裁判しよーってなったとき、すっごい時間かかる。その間に第2弾、3弾って出される。どう考えても計算あえへんもん。だからいまは、僕が直接やらずとも、とは思ってるんですけどね。

でも、そういうのがいつまで有効かわからへんけど、僕が40で仕事やめたとして、残りの人生、そっちに費やしてもおもしろいけどね。や、だって、やったら勝つのわかってるから。だれよりも僕がわかってるからね。全部ウソやから。

*張ってあったポスター

でもね、ほんまに言うのもいややけど、毛ジラミがあったときに、あんだけ僕が正々堂々と記者会見したって、結局信じてくれない人いっぱいいるし、信じてないというか、多分ホワーッとしか見てないんでしょうね。だからみんなの頭の中には、「なんや松本が毛ジラミうつした女に訴えられそうになって、もめたで」みたいなイメージで、結局終わってもーてるんでしょうね。

だから記者会見とかしても、これだけいっぱいいいろんな雑誌からいろいろ書かれて、僕ひとりの言葉では、その意味では勝たれへんですよね。

まあ、世間もそっちのがおもしろいって思ってまってるから、そこがいちばんのネックなんでしょうけどね。人には希望的観測というものがあるから。そうであってほしい、その方がおもしろいって、絶対あるから。そりゃ、そっちにあわす方が売れ行きいいんでしょうからね。「渡辺二郎釈放」いうて1面出したって、「逮捕」の方が売れるでしょう。

ほんまに信じられへんかったんですけどね、渥美清さんが亡くなったでしょ。で、そのワイドショーで、ある女優さんが渥美さんのことを語ってね、そしたらその後ろに、自分の公演のポスター張ってあるんですよ。信じられへん。

たまたま偶然とは言わせへんぞ、俺は、あれは。

ほんまに僕は、青島さんに言いたい。ゴミ問題でごちょごちょ言うぐらいなら、ウソ書いてる雑誌全部やめさせろ。ウソ書いてる紙、売ってるんですよ。それが全部ゴミになるんですよ。あれなくしただけでかなりゴミ、減りますよ。

半透明のゴミ袋なんて、そのあとの話ですよ。ほんまに。

ファンについて Fans

*追っかけられた思い出

ファンはー、うーん、ファンはいるでしょうけども、ファンはいるんでしょうね。せやけど、あんまり実体を見たことないですね、最近はね。

昔みたいに、現場現場にね、「追っかけ」みたいな子が、来るわけやないし、バレンタインデーやからいうて、チョコレート、そないもらわへんし。

うーん、ファンレターは、もしかしたら吉本（興業）のほうには来てるんかもしれませんけど、まあそんなもん本人に渡すような会社やないからねえ。会社から、もろたことないですよ。仕事終わりで車に乗るときもらうことはあるけど、うん。

まあそういう（アイドル的な）人気はなくなったでしょう。それは、まあ年齢的なものもあるやろし、僕がそう仕向けたってところも、もちろんあるし。

そもそも僕がおかしい思うのは、僕のこと追っかけたって、ふだんの僕はメチャメチャ普通ですよ。車乗ってる僕、道歩いてる僕、なんもおもろいことあらへんもんね。そんな俺に興味もたんでええっちゅう話や。

それとか、なんで番組でネクタイしてるんですか？　とか。僕のことをほんまに好きならば、僕のネクタイなんかに関心はないはずなんですよ。っていうことは、そのことを聞く時点で、僕に対して関心がない人たちやから、そんな人に答えを言う気が起こらないんですよ。

だけど、大阪離れてからは追っかけとか、そんなないかな。家来られたりも一時に比べれば、だいぶましになったし。まあ、家来てね、「あ、どうもありがとー」っていう人間やないってことがわかったっていうのもあるでしょうけどね。

大阪時代はねえ、そりゃもう、ドア、ピンポン鳴らされたらねえ、出て行って、髪の毛つかんでひっぱりまわして、どつきまわしましたもん。馬乗りになってグーで殴ってましたよ、頭、中学生くらいの女の子の。や、もちろんそれは、僕をそこに至るまでおいこんだわけがあったからですよ。むちゃむちゃされたおして。単純にピンポンされたことに対してじゃないですよ、もちろん。そりゃもう言い出したらきりない、いろんなことされてますから。

そういう話はテレビでもけっこう言うたし、長なるからね。それにしても、よくやってたなー、あのころは。今はもうできへんけどね。

そうそう、だから、ま、ほかのジャンルはわからないですけどねー、女の子にキャーキャー言われてるうちは、ダメとは言わないですけど、それがなくなってからですよ、勝負はね。うん。

アイドルの子とかはわからへんけど、少なくてもお笑いにおいては、キャーキャーどこ行くにも「追っかけ」が来るっていうことは、社会的に認められてないってことですよね。

しょせんまだまだ、メジャーじゃないっていうことですよ。だって、メジャーな人間にはしないですよ。マイナーな人間やから、追っかけられる範囲やと思うから、だから追っかけるわけでしょ。

ま、言い方悪いけど、追っかけされてるうちは、まだまだなめられてるって話ですわ。

＊ノミネートもいらない

雑誌とかでね、「好きなお笑いタレントは？」みたいなことをアンケートとかしてるじゃないですか。「ちょっと待ってくれ」と、「俺はなにも好かれるためにお笑いタレントやってるわけやないから、違うやろ」っていっつも思うんですよ。

それなら「おもしろいと思うお笑いタレントは？」って聞けって。

こっちの目的は、別に好かれることやないから。おもしろいと思ってほしい、違うな、おもしろいことを気づかしたい、だけやから。

「好きな俳優」「好きなミュージシャン」。これはわかるんですよ。それゃまあ、そうやろー、と。でも、お笑いに関してはねえ、違うと思うんですよね。あと、まあスポーツ選手もそうかなあ。「好きなスポーツ選手」も違うと思う。テクニックというか、そういうところで勝負しているわけやから、好き嫌いで分けてくれるなよって。

俺だけかなあ、そんなん思うてんの。でも僕はそう思うな。

「『好きなお笑いタレントはだれですか』と『おもしろいと思うお笑いタレントはだれですか』っていうのはいっしょの意味なんですよ」って（聞く側は）いうかもしれんけ

ど、絶対違うからね。ほんならおまえらは、いちばんおもしろい人間がいちばん好きなのかっていうたら、違うもん。

おもろくないのに、好きになってほしくないなあ。

昔、(「週刊朝日」の) 連載の中でも書いたけど、「抱かれたいタレント」とかもねえ。そんなんは、抱かれたいって女を思わす職種の人たちに任したらいいんであって、僕はそこにもノミネートされたくない。

だってね、これからどんどん年を取ってくわけやし、そんなとこで勝負したって勝てるわけないじゃないですか。もうそんな、負け見え見えの勝負はもうええっちゅうねん、って話ですよ。

好感度タレントとかいっても、その人その人で「好感」のとり方が違うから、理由にもよりますけどね。

「なんとなく、テレビから優しさがにじみでてる」とかね、もうそんな好感度やったら言うてくれるな、ってなもんですよ。お笑い、仕事に対する姿勢とかで好感が持てるっていうなら、わかってくれてんのやなって素直に思えるけどね。

そもそも「ファン」とか、「見てくれてる人」とか、昔から考えたことないんですけどね。

*「いい番組」と視聴率

視聴率っていっても、平均的な人（の意見の集約）やからねえ。僕はそういう人にはあんまり興味ないから。

でもねえ、だいたいいま、僕がおもしろくないなあって思う番組が、視聴率高いんですよ。うん、これはすごくわかりやすくていいじゃないですか。

僕がおもしろいって思うことは、世間の人にはあんまりおもしろくないんですよ。それは僕にとって、すっごい財産ですから。

だから、僕がやりたいと思うこと、おもしろいと思うことをどんどん追求していくと、視聴率はどんどん下がるんですよ。いいじゃないですか。わかりやすい、実にわかりやすい。

現実には、どんどん追求したいけど、やっぱり時間がない。ほんまは、もっと時間をかけてやりたいねんけど。僕は「ごっつ（ええ感じ）」のショートコントでも、次の日の朝になってもいいぐらいの気持ちで、ほんまはやりたいけど、さーどうやろ、周りがどこまでそれを続けてくれるかな。

ショートコントを撮ってみて、「うーん、思たほどうまいことといかんかったなあ」って思うことあるでしょ。そんなんは全部、お蔵入りにしたい。でも、オンエアせざるをえんわけですよね。セットにもお金かかってるし、いろんな人にも力借りてるわけだから。

それをほんま全部やめれたら、すごいいい番組できると思います。そして視聴率、下がります。

だから、幸か不幸か、なのかな。いまのところ。

僕の笑いをわかってくれる人のタイプですか？　うーん、まあおそらく、「追っかけ」したりとか、番組の観覧に来るような子じゃないと、僕は思いますね。もっとこう、暗ーい子で、一歩間違えればヤバイ。そのへんやと思いますね。僕がそうやから。僕もめちゃめちゃヤバイですよ。下手したら、社会と折り合いがついてない。

いまは、人の目とかは意識しないですね。考えてしまうと、もう訳わからんようになってしまうんで、考えんようにしとこうと思ってますね。

なんやろなあ、大砲でいうと、３６０度回転する、戦車の上のあるでしょ。そんなんで言うと、左右の角度は考えんとこ、って。高さだけですよ。もうちょっと高くいこうとか、ちょっと低くしようとか、それしか考えへん。右何度とか、それはええやろって。自分の「笑いのライン」っていうとこからは動かしたくない。あとは微妙な、いまのちょっとわかりにくかったかなとか、そういうことぐらいで。

まあ、いちばん自分を信頼してるのは自分だから、人になに言われたって、変わることはない、かな。

だって、なんやろなあ、動物園とかにね、トラを見にいくでしょ。ほなら子供が「トラや、トラや」言うてるじゃないですか。でもあれ、ほんまは、トラじゃないですよね。野生の、ほんとの意味のトラじゃない。でも、あれでトラを見たような気になって、「ああトラはすごいなあ」「迫力あるなあ」言うてる。

いまそういうとこなんですよ。

野生じゃないトラを見て、もうみんなそれで、観賞用のトラで納得してるから。でも、ほんまのトラを見よう思ったら、そうやすやすと見られないですからね。ほんとのトラの迫力っていうのは、まあ体験できないですわ。

そういうことですよ。(松本人志の笑いは)観光用じゃないんですよ。観光客が見に来るようなそんなもんじゃないから。

＊檻の中のトラの悲しみ

でもやっぱり、観光客が喜んで、カメラをバチバチ撮るようなことを、いまはしないとだめな時期なんでしょう。昔からなのかもしれないし、これからもそうなのかわからへんけどね。でも最近、特にちょっとひどいかもね。だれのこととは言わんけど、そういう風潮、あるかな。

でも、檻《おり》に入ってるトラは、自分がいま、ほんまにジャングルに返されたら、自分がやばいってわかってるじゃないですか。わかってると思うんですよ。だから、いま檻の中におるし、まあ甘えて、トラのふりをし続けるしかないんかわからへんですけどね。

それに、野生のトラ見に行く人、少ないでしょ。ま、ブランドで言うと、「ほんまもん」がほしいけど、「ほんまもん」は買うことできへんから、「バチモン」で我慢してるみたいな人たくさんいるじゃないですか。もっと高級車乗りたいけど、まあこれぐらいで、みたいな車に乗ってる。

そんな人が大半なわけやから、しょうがないねえ。

そんな人に見に来てもらわんでいい。悲しくないよ、全然。悲しいのは、向こうでしょう、俺は悲しくないよ、別に。

それに、ま、ほんまもんの存在を気づかんまでも、それがにせもんやってことは、そのうち気づくと思いますけどねえ、ほっといても。

格闘技について Martial Arts

＊「才能」と「わがまま」について

子供の時、7時から（テレビで）キックボクシングをやってたんですよね。月曜日の7時から。
あれはもう、絶対に見てましたね。
結局、格闘技が好きなのは、個人プレイだからで、したがってどっかの団体を好きになるとかはないんですよ。それができるくらいなら、きっと野球とかにも、もっと興味があるはずなんで。
嫌いな格闘家って、あんまりいないですよ。あの人たちは、一途《いちず》やと思いますよね。

相撲はどうかな、やっぱりちょっと八百長くさいかな。興味もてないですね。それ以外は、格闘技は好きやけど、でも、特にボクシングとかキックとかは、「再戦」がなかなかできひんでしょう。真剣ですよね。

プロレスは負けても、すぐ再戦するでしょ、何カ月後かに。それで勝って、「わー勝った」言うても、なんかねえ。ホントはどっちが勝ったのか、結局うやむやのまま終わるみたいな、そこがまあちょっと、プロレスのいやなとこなんですけど。

だから辰吉（丈一郎）君は絶対いいし、やっぱ（キックの）立嶋（篤史）君は好きやし。でも新日（新日本プロレス）の橋本（真也）もカッコエエなと思うけどね。

辰吉君のすごいとこは、本人はそんなことは望んでないでしょうけど、もう勝つとか負けるとか、どっちでもええとこまできてしまってますよね。

彼は絶対、勝たんといかんって言うでしょうけど、でももう関係ないじゃないですか、もう。辰吉が勝とうが負けようが、それより存在してリングで戦ってることがいいじゃないですか。

僕はもう、勝ち負けが気になれへんとこまで来たなあと思って。なかなかそんな格闘家はおらんぞー、と思って。

彼をわがままって言う人がいても、そう思ったことないですね。あのねえ、野球はあんま知らないですけど、伊良部（秀輝投手）とかも言われてるようやけど、才能のある人間はわがままですて。当たり前の話ですよ。突き抜けてんやから。才能あるから人のできへんこともできてしまうってことですよね。向こうで投げる才能があるから、そうしたいと思うんやから。

その突き抜けた部分を、人はわがままって言うわけでね。凡人の小さい物差しで測りきられへん人間の、はみ出た部分を「わがまま」って言葉で置き換えてるだけって気がするなあ。

自分より下の人間が、自分より力あったりすると、そのへんをうやむやにしつつ、「生意気」って言葉にすりかえるんですよね。それと同じで、「わがまま」は自分のできないことをやってる人間に対する、すりかえの言葉なんですよ。

ほな、そのわがままって言ってるヤツに聞くけど、おまえこれだけの才能持ってたら、わがまま言うやろっていう話ですよ。

まあ、お互いけっこうシャイなんで、辰吉君とは、別にそういう話はしないですけどね。『遺書』とかは試合の前に読んでくれたって聞いたけど。

＊辰吉君の試合の裏番組

電話で話すぐらいですね。普通の人（が相手）なら、飯でも行こかってなるけど、そうじゃないでしょ。向こうには向こうのペースがあって、僕らが飯行くような時間に、飯なんか行かないでしょ。朝も早いやろうし、走ってるし、だから。

電話では、だいたい僕は聞き手に近い感じかなあ。

試合前に（コンディションとか）いろいろ教えてくれたりするんですよ。あとは、僕のビデオ見て、なんか言ってくれたり。

あのねえ、すっごいわかってるんですよ、笑いのこと。専門用語とかはもちろん知らないですけど、一生懸命分析してくれて、それがすっごく理にかなってたりしてねえ。下手なお笑いの子より、はるかにわかってるんですよ。びっくりしますよ。

「こないだのあれがおもろかったけど、パターンとしてはそないに続かないでしょう」とかねえ。「そうやねん」って。すごいねえ。

彼の試合って、「ごっつ（ええ感じ）」の裏やったりするでしょ。僕なんか見ててほしいのはね、ガーやってるでしょ、その時「『ごっつ』ビデオ録《と》っとんねんなあ」思たら、ごっつおもろいんですよ。

「試合やってるけど、裏番組の『ごっつ』のビデオ録ってんで、こいつ」思たら、「終わってから、見よんねんなあ」思ったら、おっかしいですよ。

ただ、負けたときにかける言葉がないんでね。「やー、よかったよ」なんて、そんなばかげたことは言いたくないしね。

負けたときも、だいたい2人からは電話もかかってくるし、その時なんて言ったらええかなあって、いっつも悩むんですけど。違う話をするのも嘘《うそ》っぽいから、試合の話はしますけど、「惜しかった」とか「感動した」とか、そんなことは絶対言わへん。

前に1回だけ、立嶋君の試合前に、花束持ってリングにあがってって言われたんですけど、それは僕、断ったんですよ。うん、違うんですよね。それは絶対、違うと思う。

＊K1の反則とゴールデン

リングにあがったり、自分で買った花束でもないのに渡すなんて、僕は絶対できないですねえ。

僕が人前に出る以上ね、なんらかのパフォーマンスをせんといかんと思うんですよ。

僕が出た以上、客もなんらかのもんを期待するでしょうし、笑いも起こるでしょうし、その笑いに応えたいけど、そうすると失礼になるなと思うから。今から試合をやる人間に対し、なんか全然違う、浮いたことをしてしまうわけですよね。だからお互いの立場を尊重しようと思ったら、僕はそういう場に出ないのがいいと判断してるんで。

Ｋ１も、タレントがそんなに来てなかったころはよく行ってましたけど。関根（勤）さんがＫ１やってるのはわかるし、すっごくまじめに真剣にやってはるから、全然問題ないと思うんですけど。なんかこう、浮かれた気分で見に来てる（タレントいっぱいの）最近の雰囲気は苦手やから。ビデオは絶対録るし、見ますけど。

僕ねえ、Ｋ１がひとついやなんはねえ、肘《ひじ》を禁止したんですよ。それねえ、すっごいいやなんですよね。なくしたらあかんやろって。

あったもんをなくすって、僕、すっごくいやなんですよ。

や、わかるんですよ。肘を使うと、まぶたの上とか切ったりして、元気やのに出血で試合続行できなくなる。それをなくしたかったんだと思うんですよ。

でもねえ、この反則をＯＫにしましたっていうんやったらわかりますけど、あったもんをなしにするっていうのはねえ。だって見てたらね、肘出そうになるんですよ、選手も。でも躊躇《ちゅうちょ》してやめたりとか。そういうのすごいやじゃないですか。おもしろみないじゃないですか。

テレビ的じゃないんかな、やっぱり。テレビで、それこそゴールデンでもやってますからねえ、K1は。そこで肘はあかんのかなあ、女子供は血が出たら引くんかなあ。

僕なんかやっぱり、ねえ、女子供が引くことこそ喜びみたいなとこもあるから。だって、そのぐらいのとこがいちばん、おもしろいとこじゃないですか、ホントは。だから、女子供に見られてたまるか、みたいな。

そこかな、僕が肘を禁止したのがいやなのは。結局マイルドにしようとするわけでしょ。ちょっと、石井（和義）館長に言うたらな、あかん。

それと、日本人にハングリー精神がなくなったから、格闘技が弱くなったたって言われてますけど、そうは思わないですね。

ハングリー精神がないのが、ハングリー精神にもなるからね。「ハングリーが全然ないから、それがハングリー」にすることができるじゃないですか。単に訳したら空腹でしょうけど、別に食いもんじゃなくても、精神的なもんがあるから、ハングリー精神がなくなったから弱いっていうのは、言い訳にしかなってないですねえ。

それより「危機感」でしょ。危機感ない人、いっぱいいますから。僕なんか、まあ、危機感からはわりかし離れたとこに来てしまってるんですけど、それでもやっぱり、危機感を持ってますよね。

いわゆる世間の言うてる危機感と僕の言うてる危機感とは全然、違いますけどね。うーん、だから、なに、世間の言う危機感って、仕事がなくなるとか、そういうことですよね。僕は別に、そりゃなくなれへんほうがええけども、そういうことで言ってるんじゃないですよね。

自分に対するなんかこう、そうそう、意気込みとか、パワーがなくなることがいちばんねえ。パワーもないのに仕事があってもしょうがないんで、そっちの意味ですよ。だから、流されてしまってるんじゃないかなあとか、ちょっと自分の中で楽してるかなあ、それではいかんなあとか、危機感持ってますよ。

＊格闘家のうらやましい点は

周りのスタッフとか、若いお笑いの子とか見てると、持ってないなあ。俺でも持ってるのに、なんでおまえら持ってへんのやろって。

ま、いわゆる沸点が低いってやつでしょ。すぐお湯になれますからね、今の子はね。沸いてへんゆうてんのに、もうカップヌードルに入れてますからね、ぼこぼこぼこ。

麵《めん》、パリパリやっちゅう話ですよ、そんなもん。

ふにゃともならないですよ、30度くらいじゃ。

結局、格闘技は好きっていうかね、うらやましい。あこがれじゃなくて、うらやましいというのがすごいデッカイんですよ、やっぱり。

だってね、どっかで言うたことあるかもしれんけど、僕のお笑いの才能を、もし格闘技(の才能)に変えれたら、秒殺ですよ、どんな相手でも。

でも、お笑いの世界じゃ、それ、わからないじゃないですか。そこがすごく悔しいんですよ。

ま、もちろん格闘技でも、そのときのコンディションとか、まわりの状況とかあるでしょうけどね、それはそれで。でもやっぱり、一応、強い者が勝つやないですか。

お笑いじゃ、わからへんでしょ、見た目でわからへんもんやからね。だから歯がゆいなあ、格闘家っていいよな、って思ってしまうんですよね。

影響について Influence

＊善良なる一市民として

この間、ちらっと知ったことでね、親が子供に見せたくない番組で、ダントツ1位なんですって、「ごっつええ感じ」て。おもしろいなと思って、そんなにインパクトあるかなて、僕はいいふうにとったんですけど。

子供が見たい番組のダントツ1位が「ごっつ」やったら、僕は問題あると思うんですけど、別にそうじゃないから。子供が見たい番組のダントツ1位ではないわけですよ。でも、親は見せたくない1位やと。だから、どういうことかなっていうと、親も見せたくないし、子供もそんなに興味持ってない番組なんですよ。じゃあ、いいじゃないですか（笑）。

そやし、僕はそういう親に見てもらいたいと思ってないし、子供にも見てもらいたいとも思ってない。だから、作り手も受け手もめちゃくちゃうまいこといってる。全然問題ない。バッチリじゃないですか。僕のターゲット通りになってるわけですから、いいと思ってます。

ダウンタウンでメインでやっている番組が4本あるんですけど、その4本がすべて「親が見せたくない番組」の上位になっていたら、それは考えなアカンと思うんですよ。というのは、別に「親が見せたくない番組」やから考えなあかんのじゃなくて、パターン化してしまっているという意味で考えなアカンと思うんですよ。

でも、「ごっつ」だけがそうなっているんやから、全然いいわけですよね。もっとわかりやすく言えば、いろんなタレントさんがいろんな番組持ってるけど、僕に言わしたらほとんど一緒の色なんですよ。で、5本も6本もやるでしょ。なんでかな、と思て。結局カネ儲《もう》けかい、といつも思ってしまうんですよ。

そういう意味で、「ごっつ」が親に嫌われてるとか言われても、まあ、それだけインパクトのある番組が少ないのかなあ、と思うくらいでね。

ま、分析しろと言われれば、たまに下ネタがある、イジメっぽくとらえられる感じのこともある……、そういうことかな。

でも、「ごっつ」は笑いが好きな人が見てくれる番組と思ってるから。だから、「子供に見せたくない」って言われても、えっ、ほな、どうしたらええのってことになる。

それに、仮に子供に悪影響やったとしますよね。ということは、ま、その人たちに言わせれば、僕は悪の権化ですよね。でも僕はこれっていう犯罪も犯したことないし、そんなきついイジメを人にしたこともない。まあ、善良な一市民として三十何年間やってきたわけですよね。

そんな僕が与える影響って言って、犯罪につながるかなあー。どう考えても、そうは思えないんですけどね。発信してる僕がこうやのに、それを受けた側がそんなにねじ曲がった人間になりますかねえ。なったとしても、それは僕の責任じゃないでしょう。

うん、だから前も書きましたけども、子供だってそんなアホじゃないですよ。そんなん見て、そんなに影響なんてされないですよ。わかってると思うなあ。

だから、あれを見て低俗やとかイジメやとか言う人は、いわゆる……、なんやろなあ、木を見て森を見てないというかね、そういうことでしょうね。

＊知ってはならないこと

テレビの影響を言うなら、今回のペルーの事件の時は、僕も実はちょっと感じて、(人質が解放された) 後の報道、やりすぎやなあ、「そこまで手の内、明かしてしまって、次どうすんねん」っていうのがありましたよね。

どうやって情報収集してたとか、トンネルの中でどうこうしたとか、あのへんはうやむやにしといたほうが、僕はいいと思うんですよ。だって、ああいうことが二度とないとは絶対思われへん。

(フジモリ大統領サイドが) 自慢したいのはわかるけど、これだけ緻密《ちみつ》にやってたんやとか、言いたいのはわかるんやけど。でもねえ、事細かにニュースとかでやりすぎなんちゃうんかなあ。よくないですよね、あれはね。

確かに、いろいろ知りたいことは知りたいけど、知ってはいかんことて絶対あるからね。

ほかに知ってはいかんことですか。テレビでいうなら、メイキングものとかNG大賞とか。ちょっと (今回話している) テーマと離れてしまうけど、ああいうの見ると、絶対冷めますよね。せえへんほうがええと思うな。

それに、バラエティーに関してはNGはないからね。そういう（NGみたいな）とこをおもしろがってオンエアするのがバラエティーの一環でもあるわけやから、そんなおもしろいNGなら、番組でオンエアしてるちゅう話でしょう。番組で成立しないNGちゅうのは、これはほんとのNGやから、番組として成立してないわけでしょ。おかしいんですよ、矛盾してるんですよ。

まあ、ペルーみたいな問題と、なんやろな、テレビ見て、意見をわざわざハガキに書いて、新聞とかに出してくる人とかの言う「影響」は違うと思うけど。だって、テレビ局に電話してくる人とか、僕は「一般の人や」とやっぱり思えないんですよ。ちょっと特殊な人でしょう。

＊トーク番組の打ち合わせ

たとえばね、フジテレビで朝、「週刊何やら批評」とかいうて、番組やってるんですよ。僕は寝る前にたまに見るんですけどね、そこに投書がくるわけですよ。「この間のあの番組はやりすぎや」とか。なるほど、それはひとつの意見としてはあるかもしれんけども、早朝にあの番組見て、ハガキ書いてる人間というのはどんな人間やろて思てね。十分、特殊やから（笑）。

あのね、僕、街頭インタビューみたいなもんは、ある程度、データにはなるなとは思うんですよね。だけど、ちゃんと構えて、（意見を）送ってきてくださいという時点で、ちょっと特殊な人（が対象）なんですよ。

投書して新聞に出たとしますよ。それ、すごく喜んでますよ。「これ、私が書いたんや」って、自慢げに言いますよ、周りに。それがゴールなんですよ。すごく気持ちよくなってる。だから、僕は違うと思う。

だってね、たとえば昔、「ザ・ベストテン」あったでしょ。僕の周りにあれにリクエストハガキ書いてたヤツなんて一人もいませんでしたよ。やっぱ、おかしいですって、あれにハガキ出すのは。そんなヤツと友達になられへんもん、俺。

あと、番組でいうと、うちの番組だけじゃないですか、視聴者を無視しているのは、いい意味でですよ、もちろん。僕は「子供からおじいちゃん、おばあちゃんまで見れる番組をつくりますよ」と言ったことは一度もないし、「見てくださいね」って言ったこともないんですね。ほかの番組見てると、すごい気にしていますよね。たとえば、1時間なら1時間の中に、すごくいろんなんをばらつかせてますよね。子供、年寄り、主婦とかって。見てるとそういうのすごく考えてますよね。

嫌いというより、そういうのは意味ないと思うんですけどね。

まあ、影響と言われても、僕は誰かに何か影響を与えるとか考えたことはなくて、まあ、最後の芸人やと思てますから、それを頑張って全うしていくしかないんですけども。タレントにはなりたくないなあ、と思って。

最後の芸人というのは、僕が望む、望まないにかかわらず、そうなってしまってますよね。やっぱり他の人は「タレントさんやな」と思うもんね。それ、別に悪いと思てませんよ、いいと思いますけど、「いろんなことしてはるなあ」て。うーん、やっぱり僕は、ただの司会とかはできないですね。

なんか、1回しゃべったことをもう1回しゃべんのも、すごく手抜きみたいな感じがしてね。チンしてるみたいな気がしてしょうがないんですよ。

最近知ったんですけどね、トーク番組とかね、打ち合わせとかするらしいんですよ、どういう話するとか。

考えられへん。ちょっとね、なんやカルチャーショックやないけど、びっくりした。

「あ、そうなんや」って。「ちょっとようせんな」と思いましたね。だって、(打ち合わせしたら）向こうは何を聞かれるかわかって出てくるんでしょう。で、また、（その場でその話を）聞くんでしょう。いま初めて言われたみたいな顔するんでしょう。そんなん、いやですやん。

もうちょっと考えてトークしろよて思われるかもしれんけど、「へイへイ」でも、全然（あらかじめ何を話すか）考えたことないですね。グダグダになってしまうときとか、ありますよ。でも、打ち合わせするよりは、グダグダのほうがいいんじゃないですかね。

漫才は、ベースがずっと同じネタで、何度も何度も煮詰めていくもんなんですけど、でも、やっぱり変えたなるし。コントも、同じことをずっとしたら、どっかでピークが来て、あとは下がっていくことに、多分なると思いますね。

＊過去のふんどしで取る相撲

1万円ライブにしても、1回でやめずに、あともうちょい続けていたらピークが来てたと言われますけど、でも、ほら、それやり出すと、たとえば1日1回で何日かやったとして、前の日がだんだんネタ振りになってきてしまうんですよ。そういうのってちょっとずるいというか、違うんですよ。なんか、過去のふんどしで相撲を取ってるみたいなことになる。

Ｖｏｌ・１とかＶｏｌ・２とか、そういうやり方でライブをやる人もいるでしょう。でも、Ｖｏｌ・１見てる人間にはＶｏｌ・４の登場人物のキャラクターもわかるけど、Ｖｏｌ・４で初めて見た人はついてこれない。そういう笑いっていうのは、やっぱり違うと思うからね。

すごい置いてけぼり感じるでしょう。知ってるヤツは笑ってるけど、でも、決してちゃんとしたものにノッてるわけじゃないわけですよ。

だれのんとは言いませんけども、ライブ行ったら、そのキャラクターが出てきただけでワーッとなるようなのがありますよ。けど、知らん人間はその空間に置いてけぼりになってる。客もアホやから、「知らんねんやろ、おまえ、これ」みたいな、「私は知ってんのよ、これ」って優越感で必要以上に笑ってる。

そういう空間いやですよね。

まあ、好きなもんがカネはろて見にきてんねんから、ええっちゅやええんやけど、それやったらそれで、はっきり「途中参加者は多分笑えませんよ」ということを、最初から断っとかんと。

そう、平等な笑いを追求したいですね。

トークについて Talk

＊大ウソをこくスタイル

お笑いのタレントにとってね、トークができる能力っていうのは、絶対必要やと思うんですよ。でも、その能力があるヤツって、ほんまに少ないなと思うんですね。変な間を空けずに、間を埋めながらしゃべる人はいっぱいいると思いますよ。でも、そこに笑いがあってということでいうと、本当に少ないですね。

東京に出てきたとき、すごいびっくりしたことがあったんですよ。クイズ番組のパネラーで出たとき、「おまえら、クイズの答え、真剣に考えてるだけやんけ」って。クイズ番組やから、答えを一生懸命考えるっていう要素も絶対必要ではあるんですよ。何から何までボケてっていうのは違うと思う。けど、どんな番組やろうが笑いをとる方法って絶対あるわけですよ。それを、答えだけ考えて、「こんなんでカネもらえるのか」って、「何なんやろ、東京ってチョロイなあ」って思いましたよ。

僕はいやですね。答え一生懸命考えて、それでおカネもろうて、「おつかれさまでした」って言われても、「あ、どうも」とは言えないですよ。そんなん寝つき悪いですよ。「ガキ(の使いやあらへんで)」のトークで言うとね、きっと「あんなんオレでもできるで」と思ってる若い人とか、もしかしたらおるんちゃうかなと思うんですよ、僕は。だって過去にさかのぼって話をしていけば、だれだってネタはなんぼか持ってるわけですから。

ネタっていうのは、いろんなとこでいろんな人にいっぱい話して、確実に笑いが取れることがわかってる話っていうこと。だれだってお笑いやってる人間には、それが何個かはあるわけで。だから、ちょっと力のある子なら、半年はできると思いますよ。でもね、それをね、5年、6年続けていくことがどれだけ大変なことか、意外とわかってない。

たとえば僕、そんな見ませんけど、「笑っていいとも」のテレフォンショッキング、あれにたまに若いお笑いの子なんか出てくるとね、そこそこ受けるんですよ。だから、「この人おもしろいんちゃうかな」って思われがちなんですけど、「そんなもん、受けるっちゅうねん」っていう話なんですよ。だって、ネタしゃべってるだけやもん。

それが尽きてからがほんとの勝負やと思うんですよ。僕も「ガキ」始めて1、2年は、ラジオで前、受けた話をちょっともってきたりとか、それはありました。でも、そこから先なんですよ。それがなくなってからが勝負なんですよ。無の状態になって、ほんまの意味のアドリブで目の前の客を笑わしていく。それができてる人間って、なかなかいないですよね。

無になってからは、自分のスタイルを見つけるしかないんでしょうねえ。ま、僕は知らず知らずのうち、自分のスタイルを見つけてたっていうか。ま、僕の好きなトークというか、スタイルは、まあ、結局、大ウソをこくということですよね。ウソさえついてたら、話は尽きひんわね。だってウソやねんから（笑）。

たとえば僕が昔、暴走族のレディースのリーダーやったとか言うわけですよ。とりあえず言ってやるわけですよ、この際。あとはもう、その時の自分の発想にまかして。そんなトーク、だれもしないでしょ。

＊乳はデカイのがいいのか

（そういうスタイルの原点は）ラジオちゃうかなあ。ラジオの中でそんなことばっかり言うてたんちゃうかな。もうだれが聞いたってすぐに「あ、ウソや」ってわかることをかまして、そっからそのウソを、ただのウソじゃない話にしていくっていうパターン。

ラジオは、大阪で26歳ぐらいまでやったかな。ただね、ラジオでおもろいことやるのは少しもったいないと思うタイプなんですよ。どうせおもしろい話があるんなら、テレビで言いたいっていうタイプで。ラジオでは、どっちかというと真剣な話をしたかったけど、ラジオやってる側の人間にしたら、それはいやで、笑いでおもしろい番組にしたいですよね。それでラジオはやめたんですけど。

ラジオっていま、みんなあんまりやらないでしょ。僕は自分が好むと好まざるとにかかわらず、やってたことは、確かによかったなと思います。あの時期は必要やったな、あれでだいぶ鍛えられたと思いますね、自分でも。

ラジオやってないからかなあ、いま、トークの立つやつがおらないのは。

こないだ「ガキ」で、究極のＳＭで女王様を家へ５人ぐらいよぶいうたら、半分ぐらい信じてるヤツがおって、「なんでそんなん信じんねん」と思いましたけどね（笑）。まあ、でも、まだありえる話やからな。

「ガキ」のトークで言えば、たとえば乳のデカイ女がええか、そうでもないのがええかみたいな話になったとき、そらやっぱり笑いの多いほうへいくじゃないですか。だから、自分の意見はあってないようなもんでね、ほんまは乳デカイのが好きやっても、「オレは乳が全然ないほうが好きやねん、実は」って言うたほうが笑いが多ければ、そっちのほうにいくしね。「前は、乳デカイほうが好きや言うてたやんけ」って思う人がいるかもしれないですけど、笑いのより多いところへ体は反応していくわけですから。

ほんとはですか？　あんまり、どっちでも、そんなに。やるだけの女ならデカイほうがいいでしょうけど。

＊テレビの中でナンパするな

いまは、「今度、この話をトークで使おう」みたいなことを日常的に考えること、ほとんどないですね。考えてそれをやると、寒いんですよ。そんなん、客、けっこうわかるんですね。僕が下手なんかわかりませんけど。事前に用意してた話はだめなんですよ。

「(ダウンタウン)デラックス」でも、「HEY!HEY!HEY!」でも出ていって、多少しゃべって、そこから始まりますよね。その第一声も含めて、前もって考えたことって、ほとんどないですね。パーッて曲が流れて、出ていく間、歩いてる間になんかパッて頭に浮かびますけどね、普通は。

普通はっていうか、僕、普通の人になったことないからわからんけど、(ほかの人の番組見てると)みんな長いですね、1個目の笑いが生まれるまで。

それは人間ですから、そのときのコンディションっていうものは絶対あるんで、「今日、調子悪いな」と思うときはありますよ、うん。でも、何も出えへんていうことはないでしょう。

思うこととしゃべることは同時じゃないですよ。2つか3つくらい前ぐらいに頭に浮かんだ言葉がいま出てるというか、それを言ってる時点でもう2つか3つぐらいあるんですよ。そんな感じですね。

あとトークでね、ほかの人のんとか見てね、すっごい僕、嫌いなんですけど、若い女の子出てきたらね、「かわいいねえ」言うてね、ほんで「このメンバーの中でだれがタイプや」とかね。

これ、ようみんなするんですけど、腹立って腹立ってねえ。アホかあ、思うてね、ほんと見る気なくなるんですよ。「かわいいですね」とか言いたくもないですよね。

ある程度かわいいから芸能人なんやろうし、そんなことええやんかって。どっちがタイプなんちゅうのは、「なんなん、それ、テレビの中でナンパしてんの」っていう気がしてね。

それとすごい安易なんですよ。それをやるとね、平均点が取れるんですよ、確かに。(タイプに)自分以外の人間を言われたら、「なんやねん、オレちゃうんかい。こんなヤツのどこがええねん」って突っ込めるし、それで60点近くは取れるんですよ、絶対に。それは卑怯なだけやし、だれが出てきても毎回同じようなことをしてね、それでトークできてると思うなよ、アホか。そんなもん、トークでもなんでもあれへん、ただのコンパやがなっていう話なんですよ。

そらね、僕かて女は嫌いじゃないし、ゲストで女の子が出てきたときに「ちょっとええんちゃうの、これ」って思うことってありますよ。でも、「かわいいね」って持ち上げたって、そこに何も生まれないじゃないですか。別に相手をくさすことだけが笑いじゃないけども、でも、多少のね、出てきた限りは僕も相手を気持ちよくばっかりさして帰らすいうようなことはせえへん、してはいかんぞっていうのがあるからね。

　おもしろいトークをするということは、多少、相手を傷つけることもありえる、それはしょうがないわけで、極端に言えば、ちょっといいなと思ってる子とは番組で会いたくないですよ。前に雑誌で気に入った女の子を番組によんでどうたらこうたら書かれて、いやでしたね。絶対そんなんせえへんて。

　これでね、たとえば、普通にプライベートでコンパでもするでしょ。で、女の子が「今日、来るとき、実はすごい怖かった」って言うわけですよ。「なんかすごいこと言われるんじゃないか」って。「ほな、会うたらすごくやさしかった」って。

　当たり前やちゅうねん。これは仕事でもないし、一〇〇パーセント素の男で、おまえとやろうとして、今日はこの場を迎えとんねんから、そんなおまえの傷つくようなこと、だれがそんな損するようなこと言うねんちゅう話じゃないですか（笑）。でしょ、それを番組でやっとるヤツがおるちゅうのはね、その番組の私物化というか、それが腹立つんですよ。

＊プライベートでのやり方

しかもコンパのときは、勝手に自分のペースで相手無視して進めてもいいし、たとえば女の子が4人おったらね、まあその中の「こいつやな」と思ったら、あとのヤツはくさしてもええとかあるわけですよ（笑）。仕事はゲストをからめないと。「HEY！HEY！HEY！」なんて、完全にゲスト重視と思ってますから。ま、昔と今は違うんか、たぶん今のほうがミュージシャンていうたかてしゃべるようになってきたと思うけど、まあそれでもね、ミュージシャンとトークして、笑いをコンスタントにとっていくっていうのはなかなか難しいですよ。

だから全然違いますよ、仕事とプライベートと。それをいっしょくたにされると、腹立つわけですよ。「おまえは仕事をなんと考えとるんや」と。

ただまあ、そこまで「なんとかこいつを、今日」と思えるほどのヤツも、コンパみたいなもんに出てこないですけどね、しょせん（笑）。というか、その前にやらないですけども、コンパは。

もうだいぶやってませんよ。何年とはいいませんけど。いやいや、もうほんまに、久しくそういうものはやってないですよ。

子供について Children

＊ピースサインしてるやつら

子供って、いくつぐらいまで言うんですかね、20歳か20歳過ぎぐらいまでですか、まあ子供に見えるのは。簡単にいうとすごく嫌いですね。もうそれは、すっごく嫌いです。街歩いてると、どつきたいの連続です。

たとえばね、男でロンゲっていうのがいるじゃないですか、茶髪とか。絶対、だめですね。おっさんの発想でもなんでもなくね、僕はそのときはやってることを絶対やりたくないわけですよ。だから、僕が女子高生やったらいう発想もおかしな話なんですけど、絶対ルーズソックスなんてはけへん。

自分がないんですよね。自分がないことの恥ずかしさとかダサさというのが全然わかってない。それは大人もそうなんですけどね。持ってる夢、いっしょで、ブランド追いかけて。

でもね、ほんまにムカつくんですけど、神戸の（小学生殺害）事件あったときとか、震災のときもそうでしたけど、現地からの中継入りますよね、あの後ろでピースサインとかしてるやつら、あれなんでなんとかしないんでしょうか。もう見ててね、ほんまに腹立つんですよ。いや、あれ、排除しようと思ったらできるはずなんです。ちょっとスタッフつければ、簡単な話じゃないですか。それをなぜOKにしてるのか。

もうね、「なんでそこまで怒るの」いうぐらい、ああいうのに腹立つんですよ。いまの若いやつの象徴のような気がして、たまらんようになる。こいつらの命とオレの命が同じような重さなんかなと思うんですよ。そうなんですよね、一応。こいつらの脳味噌と僕の脳味噌は同じぐらいの重さで、こいつらが口に入れて甘いもんは、僕が食べても甘いんかと思うと、たまらんのですよ。それならいっそ、オレは体が緑色かなんかになりたいなと思うんですよ。

で、僕も「なんでこいつらに、そんなにむかつくんやろ」って考えたんですよ。ほんならね、やっぱり笑いをはき違えてるというところに通じてて、ああいうことがおもしろいと思ってる。携帯で電話して「いま、オレ映ってるやろ」って言うて笑って、相手も「ああ映ってる、映ってる」って言うて笑ってる。全然、笑いをはき違えてるじゃないですか。ああいうやつらがおるから僕の仕事がスムーズに進めへんねやなとか、思うんですよ。

こんな話をね、めし食いながらしてたらね、そこの店に、またアホ丸だしのやつらが入ってきて、なんか騒いで必要以上にうるさくて。「ああ、こいつらもや」と思て……。ああいうのって、殴ったらあかんのかなあ。

もちろん、何もしませんよ。だって、「おい、おまえら、ちょっと静かにせえへんか」って言うとね、僕の存在に気づくわけですよ。そうするとその時点で、ちょっとオーバーに言うと、あいつらの一つの思い出になってしまう。それが許されへんから。「ダウンタウンの松本に注意された」と、そんな言い方もせえへんかな、「しゃべった」ということになって、友達にいっぱい言いふらして、何年たっても多分、言いますよ。僕がテレビ出るたんびに言いますよ。それが許されへんから、絶対接触をもちたくないんですよ。

＊「己」という物差しなら

こんなこと言うとあかんかもしれへんけど、犯人の方がまだ好感もてますもん。いや好感もてる言うたらあかんな、あかんけども……、まだ自分もってるだけマシなんかなと思ってしまうんですよ。もちろん、したことは悪いのに間違いないし、考えられへんから、マシなんて思ってしまうのは、絶対間違ってますよ。

でも僕は、自分をもってないということを人以上に恥ずかしいことやと思う人間なんですよ。だから、自分を持っているということだけの物差しで言うと、彼の方が長いですよね。

あ、でも、テレビの前で「うわっ、さぶ〜」って言うてもうたんですけど、あいつ、声明文みたいなの、ゲームとかマンガとか、引用したりしてるんでしょ。「結局そうなんかい」思て、すっごい寒かったんですよ。またこんなこと言うと誤解を招きそうやけど、殺人ぐらい己独自のもんでやれよ、て。いや殺したらあかんねんけど（笑）。そうか、彼の物差しもたいしたことないね。

声明文といえば、ワイドショー、アホみたいにやってましたよね、逮捕される前からずっと。僕に言わしたら、ワイドショーの連中とか、ピースサインのやつらが大人になった形かなと思うんですよ。愉快犯なわけやから、ああいう事件に関しては必要最小限しか報道せえへんっていうのが、必要やと思うんですよね。あんなもん、完全に「おい、もうそろそろネタなくなってきたぞ、次やってくれ、次」って言うてんのといっしょやからね。いや、現に思てたはずですよ、スタッフとかは。絶対、思てた。「次、早うやってくれ、もう引っ張られへん」て。なんでかいうたら、あれやってたら視聴率が取れるから。

声明文をニュースで読むときに、バックにおどろおどろしい曲流してたのを過剰演出だって言った知り合いがいて、なるほどなと思ったけど、怪談話するときに、スタジオの明かりを消してヒュードロドロってやるのと、全然わけが違うから。(視聴者は)誰もそんなこと言わないんですかねえ、苦情の電話とか。僕の番組を見て、低俗や言うてクレームの電話かける人たちに言いたい。おどろおどろしいBGMには、クレームつけへんの？　後ろでピースサイン出してる中継にはクレームつけへんの？　順番から言ったら、そっちの方がはるかに先ですよ。

っていう怒りもあるんですよね、あいつら見てて異常なぐらいムカつくのは。「これより、オレのやってることのほうが悪いんか」っていうのも。

神戸の事件、もちろんオンエアはできないですけど、「ガキの使い」で多少ギャグにしてしゃべったんですよ。オンエアしてたらとんでもない抗議が来ると思うんですよ。でもね、僕、それは全然、罪の意識ないですよ。それは僕の発想で笑いとってるわけで、それに対して申し訳ないという気持ちは、ゼロに近いぐらいないんですよ。そのことと、あの中継とかワイドショーに腹立つ気持ちは、僕の中では全然矛盾してないんやけど、わかってもらえへんでしょうね。

ニュースも偉そうな大人ぶったこと言うとるけど、核はワイドショーといっしょですからね。ニュースってね、視聴率とかいっさい抜きにしてね、スポンサーもなし、セットもなし、政見放送みたいにあったことだけ伝えたらどうですか。どの局も同じ時間に、淡々と。郵政省、ですか？　なんでそうさせへんのでしょう。

(あったことに対する）批評なんてしていらんし、おまえらに批評するほどの頭なんてないと思いますから。絶対そうするべきやわ。「ニュース番組の新番組」とか、「なんや新番組て」って思うし、「独自の切り口で」とか、そんなんいらんねん。

あの事件でも、教育が悪いとか、親が悪いとか言うてますけど、僕に言わすと、衝撃的なニュースで視聴率が取れるんで、そういうこと言って引っ張ってるとしか思えないですね。じゃあ、最後まで解決してみいや、と思いますやん。ずーっとやれよ、と。昔の金属バット殺人の時も同じようなこと言うてましたやんか。それをどっかでやめるじゃないですか。なんでやめるかいうたら、世間の興味がなくなって視聴率がとれなくなってきたからやめるんですって。それだけのことじゃないですか。

駐禁（駐車禁止）といっしょですわ。そこで駐禁とったら、おまえ一生そこに立ってやり通せって、僕は思いますもん。ええよと、罰金払うけど、ここに車止めたやつには、一生駐禁とっていけよ、と。それがでけへんのやったら、とったらいかんのですよ。

親の責任ってことで言うと、はっきりいうてゼロですよね。「首切った犯人もかわいそうや」って言うてるやつがいまして、「自分の子供が生首、家に持って帰ってるのに気づけへん親がどこにおるんや」って、「それぐらい親から相手にされてなかったんやろ、かわいそうや」って。でも、どこの親が自分の子供が生首、持って帰ってくると思います？

それに、僕は僕というサンプルしかないですけど、たいして親の教育がよかったともなんにも思えへんけど、でも、ぜーんぶわかってたもんね。小学校の3年生ぐらいになりゃあね、いいことと悪いことっていうのは全部わかってたし。わかりますて、そんなもん。わかんないとすれば、頭が悪いんですよ。頭悪いやつ、多いですけどね。

＊小学校のとき万引きして

この間、たまたま高校生の女の子が2人ぐらいで会話してるんですよ、後ろで。オレってわかってて、あんな話してたのかわからんですけどね、これがまた丸聞こえでね、バラエティー番組見たっていう話をしてるんですよ。どうしても聞いてしまいますよね。で、その番組がなんなのか、最後までわかりませんでしたけど、結局、その会話っていうのは、「何々して、何々して、何々したんだよねェ」「そうそう、そしたら何々したね」って、あったことを確認しあってるだけなんですよ。

あれって今の女子高生の象徴なんやろなと思ったんですよ。プラス自分の意思というのは何もない。映画の感想文書いてこいって言うたら、ストーリー書いてくるのといっしょなんですよ。「わあ、ヤバいなあ」と思て。でも、これなんやろな、今みんな。じゃあ、オレのやってることなんて理解できるわけないよなあって。

いやあ、おもしろいですよね……。おもしろくないけど。「ええ会話聞かしてもろた」

と思てねえ。「これはアホやで」と思て（笑）。

そう考えると、やっぱりああいうのは無視して、僕は僕でやるしかないんですよ。それに、あのピースサインとか出してるやつらのことを「あれはアホやな」と思って見てたほうも、オレといっしょでいっぱいいるわけやから……。そう思わんとやってられへんよね。

うん……でもね、ピースしたりしてる……これは僕の希望ですけど……してるときにも、どっか自分で「こんなことしたらあかんちゃうかな」って冷めてる部分っていうのを持ってると思うんですよね、多分。

小学校ぐらいのときに僕、万引きしたことあるんですけど、そういうのすごい嫌いなんですよ、実はね。でも、なんか友達とかもするし、なんかせなあかんみたいなノリでしてしまうことって、やっぱありましたもん。みんなちょっとずつ、そう思てんじゃないかな。それともあいつらは、そんなん感じてなかったんやろか。

お金について Money

＊「フォーカス」の写真問題

ちょっと古くなりますけど、「フォーカス」の話、あったじゃないですか、（神戸の小学生殺傷事件の容疑者の）子供の写真を載せた。でね、なんかいろんな意見が飛び交ってましたけど、だれもそのことに触れないんで、僕が触れようかなと思うんですけど。

僕はその、未成年の犯罪者の写真を公開することはべつにかめへんと思うけども、「それを売るか？」ってすごく思うんですね。なんで子供の写真でおまえら、金儲けてんねん、ってことなんですよ。

金儲けは悪いことないかもしれんけど、「フォーカス」の場合は、まっとうな金儲けじゃ絶対ないと思う。

「重大な犯罪を犯したのだから、顔をみんなにさらすべきだ」とか、なんかそういう正義感なら正義感でべつにいいんですけど、そしたら号外というか、写真をチラシにして駅とかで配ればええだけの話やし。正義感ぶったことを言って自分を正当化しようとしたって、結局、金儲けてるわけやから。

だって、だれでもできるじゃないですか、やろうと思えば。その子の写真を撮ってくれさえすればいいだけで、何も生み出してない。なんぼええカッコいうたって、そういうことで収入を得ているっていう、そのお金が給料として振り込まれた時点で、なんやろ、そんなん、そのお金を受け取った時点で、僕はすごくカッコ悪いなと思いますけどね。

僕は何か、金に汚いみたいなイメージ持たれてるかもしれんけど（笑）、そういう汚い金の儲け方をしたことはないですから。

遺族が、死んだ人のことを書いた本を出したりするじゃないですか。ちょっと気持ち悪い気がするな、あれも。本人がこの世にいないのに、そういうものが独り歩きすんのは、やっぱりちょっと違うと思うな。その収入は本人には届かないもんですからね、いくら身内やろうが、それは違うんちゃうかなあ。

尾崎豊の未公開の歌を編集して出したりとかも、すごいいやですよね。結局金ですもん、絶対に。ファンのためにとか、うまいこと言いよるじゃないですか、そんなもん全部ウソや、金やもん。違うんやったらタダで配れちゅう話ですよ。本人は未公開にするだけの意味があって未公開にしていたわけやから、それはきっとあんまりみんなに聞かしたくなかったんでしょう。それを出すうえに、それが生んだ金は本人の手に届けへん。そういう汚い金儲けは大反対やね。

芸能ニュースでも、有名人が写真撮られるのはある程度しかたがないと思いますよ。でも、それで金儲けしてる、それで飯食うてるということに関して、彼らはどう思ってんのかなあって、すごく思うんですよ。撮らんでもええもん勝手に撮ったりしとるだけやないですか。

やっぱり何か残す物をつくらんと。もともと無の状態から何かをつくるという作業をしている人間には、お金という報酬がついてくるはずなんです。そうじゃないところで金儲けをしようとする人間を、僕はやっぱり軽蔑していますよね、すごく。

＊才能と仕事、または収入

もちろん、もって生まれた才能がない人間でね、無から何かをつくり上げることはできないっていう人も、そらいますよね。その人のことを軽蔑するっていうわけではないんです。そういう人はそういう人で地道に仕事してるじゃないですか。そういう人がいるのに、才能も何もないくせに一攫千金を狙ってるようなヤツら、暴露本を出したりするようなヤツらですよ。軽蔑しますね、すっごく。

博打《ばくち》の胴元なんかもそうですよ。不動産とかはどうなのかなあ。あの人らはあの人らで大損することもありますからね（笑）。

自分の収入のことですか……。うーん……ただまあ、やっぱりそれだけのことをやってるいう自負があるんでね、「そんじょそこらのタレントと同じ額もろてたんじゃ、やってられるか」っていう気持ちはありますよ。

たとえば、「なんじゃ、こいつ」ぐらいのヤツに比べて、僕の収入が100倍やったとしましょうよ。でも「オレの才能はこいつのたかだか100倍か」と思うんですよ。もっともらわなあかんのちゃうか、それかこいつをもっと下げるか、と思いますよ。ほな1000倍やったらええんかというと、1000倍でも僕は違うと思うけどね。

なにがそいつと違うのかと聞かれると難しいんやけど、才能もそうなんですけど、たとえば吉本興業に対して言うならば、「ほんまオレらダウンタウンがおれへんかったら、吉本どうなってたん？　わかってる？」というのはすごく感じますよ（笑）。だから「普通のタレントと同じにせんといてね」って（笑）。あのとき吉本にダウンタウンが入ってなかったら、あとにだーれも続いてないです、て。

そういう一つの節目をつくった人間やから、給料は給料、ギャラはギャラとして、もっとこうそれ以外のところで、簡単に言うと、年に1回、契約金ぐらい出せよ、と（笑）。

でも、使い道がもうないねんけどね。だから、よく野球選手が言う「金がほしいんじゃない」っていうことですよ。それはほんまにその通りやと思いますよ。それに、これ以上もろたって税金ですからね。

＊後輩と買い物に行くと

ほんとに使い道ないんですよ。買う物、全然ないですもん。たまに服ぐらい買いに行こうと思うでしょ。見に行くこともあるんですよ。全然気に入ったもんないし、車もええなと思うのなかなかないしねえ、もうええわーと思てしまう。

キャラクターですかね。僕は見た目どうのこうのいうキャラクターじゃない。オシャレ〜にしてるヤツ見ると、僕、笑いそうになりますもん（笑）。女の子はそのほうがいいと思うけど、男でがんばってるヤツって、「おいおいおい」って、「なんやねん」ってちょっと恥ずかしいですよね。

あ、でも、昔はそうじゃなかったですよ。この5年ぐらいかな、すごくそういうふうになりましたね。なんでやろ、昔は欲しいもんいっぱいあったし、車とかも……。自由に買えるようになったら、欲しい物なくなってしまったなあ。不思議ですね。

「豪邸」ですか？　芸能人だと、すぐ「豪邸」ってなるけど、べつに豪邸を建てたくて建ててる人ばっかりじゃないと思いますよ。いろんな条件を考えていくと、そうなってしまうんですよ、きっと。やっぱり治安の悪いとこに建てるわけにもいかんし、塀も高くなってまうやろし（笑）。泥棒に入られる確率も高いし、たぶんそういうことでしょう。だから、僕ももし家を建てるなら、やっぱりそうなってしまうと思いますよ。

でも、いまは何から何まで中途半端なんですよ。年齢もそやし。結婚することが決まってるとか、逆にこの先10年ぐらい結婚せえへんぐらいのつもりやったら建てられるかもしれんけど、それもわかれへんでしょ。だから、全然わかれへん中途半端な時期やから、なんかいまはあんまり動かれへんみたいな。

まあ、たまには、「あ、そや、これ買お」と思う物もあるんですよ。ほんならなんか番組でもらえたりとかね、そんなん多いんですよ。ビリヤード台、買おうと思ってたんですよ。そしたらなんかくれるっていうから。

あ、それとね、僕、上の人とあんまりつきあわないじゃないですか。いわゆる芸能界の先輩という人とね。で、後輩とつきあうでしょう。と、やっぱり後輩レベルになるんですよ。僕よりお金持ってる子らとあんまり遊ばないし。ほんならたとえば一緒に買い物行ったときでも、「このテレビ買お」と思たときに、まあ80万ぐらいしたと、そしたら後輩、引いてますもん。「高いっすねえ」って言われたら、「うん、まあ、そうやなあ」って言うて、なんかもう一歩踏み出されへんみたいになって、そっちに引き戻されてしまう。なんかそれはあるね。大いにある。

極端に言や、たとえば、おかんともし今、買い物に行ったら、すごい引き戻されますよねー。もう、そらすごいでしょう。うちのおかんなんか、スーパー乞食ですから、そらすごいですよ。永谷園のお茶漬けも半分しか使えへんかったおばはんですから（笑）。だから、上の人とつきあうと金の使い方を覚えるというか、使うようになるでしょうけど。かわいがられへんですから（笑）。僕がその人たちのことをバカにしてるみたいに見えるらしいですよ。そんなん全然ないんですけど。だから今でも、２人で飯食いに行って、２０００円とかざらですもんね。２０００円切ることもあるし。

ただ、お金の使い方でひとつだけ言っておきたいのは、汚い使い方したことは一回もないですから。

＊風俗とそのワザ

たとえば、いわゆる女に金渡してやらせろ、とか。物とか金でそういうことしたことって、僕、一回もないんで、それはまあ、僕の自慢なんですけどね。酒でもない。ガンガン、向こうが勝手に飲むのは知りませんよ（笑）。いやがってんのに、飲ましてみたいなんはない。

とにかく物と金と酒で女をどうこうしようと思ったことは一回もないし、したことないんで、それだけは僕の誇れるとこなんですけどね。

それで言うと、援助交際とか、すごいいやですよね、情けないですよ。あれはいかん。恥ずかしい。うーん、6・4で男側が悪いんでしょうねえ。だって若い女の子は、「これだけ出す」って言われたらやってしまうでしょう。やっぱ出す側に問題がありますよねえ。

ただ、援助交際の線引きも難しいんですけどね。そんなん言うたら、普通の夫婦も援助交際に近いもんがあるぞ、と思うときもあるしね。

と、思うけど、やっぱり悲しくなりますよねえ。虚《むな》しくないのかなあ。

あ、風俗ですか？　だから、ソープとかは嫌いなんですよ。あんまり特殊技術ないんで。だれでもやってる、普通の女の人がやってることをやってるから。ワザというのがそんなにないんで、「違うなあ、この仕事」と思いますけど。

その点、性感マッサージは特殊技術やと思いますから（笑）。うん、あれはナンパした女の子ではしてもらわれへんことですから。やっぱりあれはね、ある程度の鍛錬がいるんじゃないですか。「ええ仕事してるがな」と思いますもん（笑）。特殊技術ですよ、「手に職持ってるな」って気がしますもん。

死について Death

＊取材の1枚目のカード

（ダイアナ元妃の死で）世間で言われてることの尻馬に乗って言うみたいで、いやですけども、それは確かに考えないかんでしょうね、取材のやり方というものをねえ。

僕も現に追いかけ回されたことがあるんですよね。追いかけ回されたというか、ついてこられてるというか。ま、けっこうカンがいいほうなんで、ついてこられるとわかるんですよ。ぴったり後ろをついてくるわけじゃないし、ずっと同じ車でもないですけど、でもやっぱりわかるんですよ。

で、人間の姿勢として、こっちが悪いことしてるわけじゃなくても、ついてこられたらまきたいと思いますよね。まきたいと思えば、車の運転もあらくなるし、Uターン禁止でもUターンせざるをえなかったりもするわけですよ、ぶっちゃけた話ね。そんなことで、もし何か事故が起こった場合、だれが責任取ってくれるのかな、というのは、僕もすごい感じてましたよ。

あの人らの取材のやり方知りませんけど、基本は気づかれへんようにしてるんでしょう。でも気づかれたら気づかれたで、もうイッテマエみたいなとこもあるんでしょうね。だから、確かに危ないですよ。こっちはこっちで後ろから来られると、どうしても視線はバックミラーにいきますよね。僕、ほんまに思てましたよ、「これ、ヤバイな、後ろばっかり見てんな」って。

いつも言うてるように、取材されること、ある程度は納得してますよ。ま、世間の人に少なからずも興味をもたれてるわけやから。そうですね、「どんな女とつき合うてんのかな」とかはね、知りたいと思うのはすごく自然やと思うし。まあできたらそんなことに興味をもってほしくないけど、しょうがないなと思いますよ。ま、僕は嫁さんも子供もいないわけやし。

けど、そこまでですよね、許せるかな、と思えるのは。「何時に電気が消えた」とか、それは違うんじゃないですか。あるタレントさんなんか、車に盗聴器つけられたりね、車の下に発信器とか、絶対違うもんね。だから、(取材を規制する場合)きっちり線は引かれへんけど、まあ自分に置き換えて考えたらわかるんじゃないですか。発信器つけられたらいややろとか、何時に電気が消えたとか見張られたり、急にパッと出てきて写真撮られたらいやじゃないですか。

前も言うた通り、人の写真撮って一攫千金を考えること自体、絶対、違うことなんですよ。それは本人がもう、わかってるわけでしょう。

(ダイアナ元妃の事故で)いつも追いかけられてるのになんで逃げたりしたのかって言う人もいるようだけど、それは「ほっとけや」っていう話でね、「発端のカード、1枚目のカードを切ったんはおまえらやろ」ちゅう話なんですよ。そこが重要なポイントで、あとのことは、2枚目、3枚目のカードはどうでもいいわけですよ、どっちが切ったとか、そんなんは。

明らかにおまえらが1枚目のカード切ったわけやから、それが解決してへんのに、2枚目、3枚目の話するなって、僕はそう思います。

(取材される側も取材者を)利用してるっていう話にしても、それもやっぱり1枚目のカードはあなたたちが切ったということですよね。こっちから取材に来てくれと、もともと言うたわけではないと思うしね。

＊「有名な者負け」の問題

そうそうそう、1枚目のカード切ったんはどっちやいうことなんです。これは僕の基本的な考え方なんですよ、いつものね。喧嘩《けんか》でもなんでも、1枚目切ったん、どっちやねんと。あとでこっちが半殺しの目にあわそうが、最初のカード切ったのはおまえらちゃうんか、って。喧嘩両成敗とか言いますけど、僕はそういう理論は違うと思う。

見たがる人がいるっていう論理でいうなら、見たい人がおったらいいんかということですよね。それは違うんじゃないですか。

でもねえ、突き詰めていくとね、有名な者負けなんですよね。もう絶対そうなんですよ。僕を追いかけてるヤツの素行を、探偵雇って調べたってもええわけですよ。それはなんか出てきますよ。どこどこの雑誌の記者が浮気してるって、それを嫁はんに電話したろかちゅう話なんですよ。でも、僕はそいつには興味もないし、知りたくもないからせえへんし、ほかのだーれもそんな話、興味持てへん。そんなヤツだれからも相手にもされてないわけやから、だから、興味持たれてる者負けなんですよ。

いま、ダイアナさんが死んで、世間は写真撮った側の責任みたいな方向にガーッときますよね。もちろんそれは間違ってないんですけど、死ぬ前になんとかしてやらんといかんかったんでしょうね。

あとね、いっつも思うんですけど、死んだ者勝ちみたいなね、そう思うんですよ。まあ、しょうがないというか、当たり前なんかもしれんけど、たとえば芸能人でもそうですけどね、ムチャクチャ言われてムチャクチャ書かれた人でも、なんか死んだらだれもなんも言えへんし、それはもう気持ち悪いくらい美化する。あれは絶対やめてほしいなあ。

＊自殺につながっている

勝新さんとかやすし師匠とか、もうムチャクチャでしたよね、コカインのこととか、一連のやすし師匠の行動とか。それが死んだらああですからね。

なんでやめてほしいかと言うとね、あれが自殺につながってると思うんですよ、僕は、絶対に。

「あ、そうか、死んだらこんなに美化されるんや」てね、思いますもん。僕がいじめられっ子やったら、思うな。

「あ、死んだらこんなにみんなええように言うてくれて、かわいそうや、かわいそうや言われて、みんなこんなに優しいしてくれるんや」って、そら思いますて。

だから、自殺はいかんというけども、そっちのほうに絶対、問題が、100やとは言わんけども、90以上はあると思うね。だっていじめられっ子がテレビ見ててね、感じるんじゃないですか。現に自殺した子はみんなの気持ちをこっちに引きつけられるって。こっち言うたってどっちもないいんやけどね、死んでもうたら。でもそういう意識を植えつけてるというのはすごいあると思うんですよ。

いじめられてそれを苦にして死んだ子に、「あいつアホやで、どうしようもないヤツやん」って言うわけにもいかんかもしれんけど、「こんないじめにあって、こんなつらい思いしてたんや、かわいそうやったんやなあ、でも死んだヤツはアホやで」と、最後は締めてやらんといかんと思うんですよ。

僕がもし、なんかそういうワイドショーのコメンテーターなら、悪役買って出て、「なんだかんだ言うても、死ぬヤツはアホです」っていうふうに言ってやりますけどね。

まあ、苦情の電話とかいっぱいかかってくるんでしょうけど。とにかく、死ということで、このことはすっごく言いたいですね。美化したらいかんですって。

ダイアナさんの死んだことについて言えば、僕は正直、ピンとこないですねー。常日頃、ワイドショーであの人のことを取り上げてたときも、「なんでこんなこと、ニュースでやってんのかな」って思ってましたから。

あの人の話に限らず、だれとだれがつきあってるとか、そういうことに興味がないんですよ。ミーハー心がほとんどないんで。素人のころから、人のサインがほしいと思ったことも1回もないしね。それと、芸術家とか歌手とか、それこそ芸人のほうが価値はあるんじゃないかって思ってしまうんですよ、どうしても。

だから、彼女の死で僕個人はなんのショックもないですが、でも、ま、芸能人でもないのに追いかけ回されて、「なんで?」というのは、本人は思てたでしょうね。これがスターやったら、どっか自分で納得できたんかもしれんけど、あの人はそうじゃないもんね。そら、イライラしたでしょうね。

そういう意味では、かわいそうな人でしたね。

僕の死ですか。うーん、あんまり考えたことは……。ただ僕は、だれでもそうなのかなあ、ちょっと胡散《うさん》臭い話になるんですけども、車とか乗ってるでしょう、ほんならね、「今日、すごいこわい」って思うときがあるんですよ。だれでもそうなのかなあ。

急に「あれ、今日はなんかこわいぞ、運転してて」って、自分で思うんですよ。そういうときは、あんまり車乗れへんようにしたり、とばさんようにしたりとかしてるんですよ。

それが年に何回かあるんですけどね。なんか起きそうな気がするんですよ。その予感が当たってるのかなんなのか、わからないですけど。「死んだらあかんぞ」っていうサインなのかな。ま、もし当たってるとするならば、まだ死なれへんやろな、と思いますけど。

*芸能人のパターンからはずれて

僕が死んだら、どんなふうに書かれるんでしょうね。生まれながらのヒールですから。ほめられたことないですから。それでも死んだらくさされへんから、気持ち悪いぐらいええこと書いてくれるんかなあ。

でも、とにかく、生きてるうちはだめですから。僕も不思議なんですけど、普通芸能人って売れ出すとすっごい持ち上げられるんですよ。すっごい持ち上げて持ち上げて、その高さをできるだけ上にあげといてから、下にたたき落とす。もうこれは昔からのパターンですよね。

ところが、ダウンタウンというか、僕はね、持ち上げられることなく、ほんまにもう、物心ついたときからくさされてるから。バッシングやから。まあ、そういう意味じゃ、落差がないんで、たたかれてもあまり、効かないですけどね。

僕も連載を（週刊朝日に）書いてたころ思いましたけど、人をくさすのってすごい簡単なんですよ。ほめるのって難しいんですよ。変なほめ方をしたら、逆にくさしてることになってしまうから。その点、人のつくったもんに何かいちゃもんつけよう思たら、なんぼでもできるじゃないですか。そういうことやと思うんですよね。みんな簡単なほうへ行くし、くさしてるほうにどっちかいうたら興味あるし。

とにかくまあ、諦めてますよ、もう。だから生きてるうちはしゃあないんやろと。ほめられることはないんやなと思てね、僕なんかは。

ま、死んでからどう書いてくれんのか、楽しみにしてますよ。

障害について Disadvantage

＊パラリンピックと空手と

ギリギリのとこで笑いをとるというか、そういうの多い方なんですよね。飢えた子供の写真をたまに使ったりするし、テレビではオンエアしないけど、その場では障害のある人間のことで笑いにすることはないとは言いません。

でも、結局、自分自身がどう思っているかということやと思うんですよ。僕はそういう人らに対して、「自分の方が上」っていう感覚を人よりもずっと、持ってないからね。だから罪の意識ってほとんどないんですよ。

僕がそれを見てどう発想したかということで笑いをとってるわけやから、僕の発想を笑えばいいのに、その人を傷つけたことになるとか批判するヤツがいるやないですか。その人自身が「傷ついた」と言うなら、それは話し合うなり謝るしかないと思うんですけど、全然違うとこからゴジョゴジョ言うのは、もうお門違いもええとこや、と思うんですよね。

あ、この間もなんかあったじゃないですか、パラリンピックでオリンピックとユニホームが違うって。それで抗議があって、橋本首相が「なんとかできないか」ってなった。橋本首相、ええ人みたいになりますよね。でも「そうか？」と思うんですよ。

この場合、ユニホームは分けといてもええんちゃうかなって、僕は思うんですね。オリンピックと違う種類のもんですよね。それを分けることになんの問題があんのかな。

僕がたとえば空手をやって、入ってすぐは白帯ですよね。黒帯つけたいと言っても通らない。それといっしょやと思うんですけど。

同じオリンピックの１００メートル走に、障害を持った人間と持ってない人間が出るのに、違うユニホームというのはおかしい。でも、別なんですからね、明らかに。

ほな、オリンピックとパラリンピックという名前自体が違うことはどうやねん。それはええんかい。それでユニホームが違うのはあかんのかい。そんなこと言われたら、もう、俺、わかれへん。

障害持ってる人間からの意見は、みんな「はい、わかりました」と言うのも絶対違いますよね。

同じユニホーム着たいって言われても、「いや、あかんよ」って言えなあかんし、なんかそれを言われへん状態になってるじゃないですか。言うと「ひどい人」みたいな。そうじゃないちゃうんかなあ。

僕が空手で黒帯つけたい言うたら、「あかん」ってみんな言いますよね。そう言うた人を悪い人やって誰も言わへんでしょ。

なんか、自分に対してあったかい差別は受け入れるけども、自分に対して冷たい差別は「差別や」言うて怒るでしょ。まあ、当たり前かもしれんけど。

＊タレントとピザの出前

安室（奈美恵）の自動車免許の時でも、教習所がタレントを特別扱いしてるって批判があったでしょ。そういう批判に、安室はよう反論できへんやろから、僕から言いましょか。

特別やちゅうねん。

タレントは特別やちゅうねん。だからタレントやねん。

おまえら、俺が道歩いてて、そっとしてるか。しないやん。教習所で並んでて、何も言えへんか。言うやん。おまえらが特別（な存在）にしてんのに、特別扱いやて。そら当然やろ。アホか、おまえら。

おかしいですよねえ。別に楽しようとして人と違う免許の取り方してるわけじゃない。混乱するから、それを避けようとしてああしてるのに、それを特別やとかゴジョゴジョ言われるとね、情けないというか。

タレントやからいうて偉いとか、そういうことを言ってるんじゃなくて、ある種、障害ですよね。それをできるだけスムーズにいけるようにしてください、ということですよ。

それをタレントということになると「特別扱い」というものになって批判するくせに、体に障害持ってる人間には気を使いすぎる。そういうところ、確かにありますよね。

タレントも、「障害」持ってますよ。普通に街歩けなかったり、ビデオ屋の会員になれなかったりしてるわけですよ。免許証見せたくないし、ピザ取るにしても、電話番号まで言わないかんじゃないですか。タレントはピザ取られへんちゅう話ですよね。

あと、何に関しても並ぶということが絶対できないですよね。絶対、後ろとか横とかのヤツがゴジョゴジョ言い出しますから。で、また絶対アホが一人おるんですよ。わざとおっきい声で「松本だ」とか言うて周りに気づかそうとするアホが。と、通行人も足が止まって……。もう大変ですよね。

遊園地とか行くと、たまに横から行かしてくれるとこあるんですよね。まあ俺も「すいません」言うて行かしてもらうんですけど。行かんとね、その人らに迷惑かかるわけですよ。人だかりができたりしたら、それを整理せなあかんのもその人らやし。でもそうすると、「なんや、あいつらタレントやからって」って言われますよね。

俺はどっちかいうたら並びたいちゅうねん。普通にしてくれるならね。僕かていややもん、並んでる人おんのに、自分だけ横からスッていうのはいやですよ、良心があるから。でも、しょうがないもん、これはね。

まあ、そういう僕の「障害」はしれてるといえばしれてますけどね。だから、もっとみんないろいろな物事を公平に見れる目を持ったらね、いいんでしょうけどね。

＊ちょっとずつの間違い

僕はあれもいやなんですよ、「障害を持っておられる方」って、絶対言いませんよね。「障害者」って言ったら、もう次は「方」ですよ。「ヤツ」とは絶対言いませんよ。でも、「ヤツ」と言えるようにならんと、いつまでたってもあかんと思うんですけどね。「障害持ってるヤツおるやろ」と「あそこに髪の長いヤツおるやろ」と、ほんとはいっしょにならんといかんわけですよね。でも、絶対言えないじゃないですか、テレビで「障害持ってるヤツ」って言ったら「なんちゅうことを言うねん」って絶対言われますよね。

でも、そんなに悪いことかな、悪くないと思うけど。

たとえば僕が片手か片足がなくなってね、それでも今と同じようにトークとかならできますよね。その時、客が笑うかなと思うと、多分、あんまり笑わないと思うんですね。しょうもない、意味もない哀れみが入ってくるから。そんなんやめてほしいじゃないですか。それで笑うと障害者を見て笑ってるような気がしてしまうわけですよね。

みんな錯覚に陥ってるんですよ。ちょっとずつ間違ってるんですよ。

で、障害持ってる人間が「持ってるヤツ」って言われて「なんでやねん」ってなったとして、そこも直していかんといかんのでしょうね。そんなことでイラッとせえへんようにしていかんといかんのでしょうね。でも、イラッとせえへん人の方が、僕は多いと思うんですよ。

「手がなくても人間です」っていう（パラリンピックの）ポスターに抗議が来たって話にしても、みんながみんな抗議したってわけではないと思うんですよ。

「ユニホームは同じにしよう」言うたら、なんかいい人に見えるもん。「とりあえずここで否定しといたらポイント稼げるな」っていうのが、まるわかりやから。

ほんとは障害持ってる人間は、そういうとこに抗議せないかんわけですよ。橋本のおっさんが「ユニホームはいっしょにしよう」って言うたら、「なんでそんなに簡単に決めんねん。どう考えてそういう発言になったか聞かしてくれ」ということを、ほんまはもっと突っ込んでほしいんですけど、「いい人」だけで処理されてるから。

だからいつまでたっても進歩がない。「障害持ってるヤツ」って言える時代が来ないわけですよ。

僕も車椅子に乗ってる人間見れば、「気の毒だなあ」という気持ちがちょっとわいてきますよ。そのことすごくいやなんですよ。「関係ないやん」と思えればね。普通の人が歩いてるように見えへんかったら、ほんまはだめなんですけどねえ。

まあでも、車椅子でひっかかって前へ進まれへんようになってる人を「関係ないやん」となったらだめやから、そういう気持ちは持っとかんといかんねやけども、車椅子に乗ってる人見ただけでちょっとブルーになるっていうのも、ちょっと違うから。

＊伊勢と女風呂の思い出

いや、それは僕の中でも解決してないんですけどね。

この前、夏に、みんなで伊勢に行った時、おばあちゃんがね、「一緒に写真撮ってください」言うてね、そのおばあちゃんが車椅子に乗ってるんですけど、一緒に写真撮ったんですよ。で、それ引き伸ばして、僕、冷蔵庫のとこに張ってるんですけどね。あ、前の年の写真もちょっと大きくして張ったりして、時々そういうことするんですけど。

でも、考えようによったら、「俺は差別してんのかな」って思ったり。普通の女の子だったら張っただろうか、きっと張ってないぞ、車椅子のおばあちゃんをちょっと哀れんでんのか、これは差別なんかって、ちょっと思う時がある。

でも、違うよね。

幼稚園の頃、近所に片手のおばあちゃんがいて、すごく可愛がってもろててね。僕と兄貴と姉ちゃんとね、ある時そのばあちゃんとお風呂に行くことになったんですよ。そのとき3人で「おばあちゃんの手のない所はどうなってんねやろ」って、想像してたことがあったんですよ。

その時僕らの頭の中に、差別の気持ちなんて全然ないですよね。そこが見たかっただけの話ですから。子供ってそんなもんでしょ。その時は僕らも幼稚園ぐらいやから、女風呂に入ったんやけど、結局どうなってたのかは全然覚えてないですけどね。

これだって、人が聞いたら失礼な話やと思われてしまうと思うんですけど。でも、そんなん全然ないから。

もちろん、みんなおばあちゃんのこと好きやったし、でも片手がない人だからって必要以上に好きになることもないし、「片手がないのに僕を可愛がってくれて」とか、そんなんもないし。

だから「失礼や」言うのは簡単やけど、あんまり深く考えないでそういうこと言うのはやめようや、っていうことですよね。

ひとりについて　Left Alone

＊まっすぐ家に帰る時

基本的にひとりは平気ですね。平気というより、大事なんですよ、ひとりっていうのがね。

ひとりで締めくくらんと一日が終わらないんですよ。最後にはひとりで1時間なり2時間なり、なんか考える時間が絶対必要で、みんなでワーいうて騒いで帰ってそのままバーンって寝るっていうのは絶対ないですね。

たとえば女が来てて、泊まることになってて、もう女は横で寝てる、でも僕はそこからひとりで締めくくる時間というか、ふとんに入りながら女の寝息を横に、やっぱり1、

2時間、何か考えてます。

ひとりで締めくくるって、第三者が聞いたら、「なんちゅう寂しい人間や」と思われるかなあ。俺、全然寂しくないですよ、それは。

結局、孤独とか寂しいとか、そういうことを感じる時って、仕事がらみのことで、なんかちょっとナーバスになっている時だけど、そういう時はむしろ誰とも話できないですね。

だって、誰もやってないことをやろうとしてるわけやから、誰かに相談したってね、そんな選択した人間もおれへんわけやし、前例がないから、誰もわからないでしょう。例えば武道館でひとりでライブをやる。それを、例えば後輩みたいなヤツに相談したって、なんかだんだん、「俺は武道館でひとりでやんねんぞ。すごいやろ。おまえにはでけへんやろ」って、そいつを否定してるようなことになってしまうんですよ。それはよくないでしょ。

俺が悩んでても、そいつからは悩みには聞こえない。自慢してるようにしかとられへん。だから全部ひとりで背負い込むんですよ。

で、それがまた、ちょっと好きなんですけどね。

悩んでる時は、できるだけまっすぐ家に帰る。それで考えて考える。だって僕がいま、いろんなことを経てここにいますけど、全部それはひとりで夜に考えて出した結果やから。

「そら、あんた、オーバーやで」って言われるかもしれんけど、「歴史は夜つくられる」というのはほんまにそやと思うし、少なくとも僕の歴史は夜つくられてますよ。

悩んでる時、聞いてもらえるだけでいいとか、その話はしないでもパーッと遊ぼうとか、そういう哀れなことはしないです、僕は。全然前向きやないし、それほど哀れなことはないですもん。それはさもしい。僕は真っ向から立ち向かいますよ。

酒飲めてたら、どうやったかなあ。

僕、すっごい運命みたいなもん信じてるから、僕が酒飲まれへんていうのも、運命やと思う。

酒飲むと、ひとりでものをゆっくり考えることができなかったりとか、間違った判断を下してしまったりとかすると思うんですよ。

子供好きじゃないというのも、好きやったらとっくの昔に結婚して、子供つくってると思うし、そうすると、別に子供おる芸人がみんなだめやとは言いませんよ、でも僕みたいな性格の人間は絶対仕事がだめになるやろから、ちゃんとそれはうまいことできとんなと思いますよ。

*裸の王様の「真実」は

やっぱりね、「俺は人とは違うんや」というのが、まずあるわけですよね。俺自体、人と違うのに、その俺を助けられる人間っていないと思うんですよ。だから、そういう時、まわりの人間はみんな、そっとしておいてくれるいうか、逆に無視の優しさを感じるんですけどね。

裸の王様ねえ……。誰も何も言えない、そうですねえ、うーん、でも、裸の王様って悪いことですかね。

「裸や」ってみんながもう、言えないんでしょ。じゃあ、すごいじゃないですか(笑)。裸の王様って、ほんまは自分が裸やってわかってやってたんかもわかれへんわけですよね。わかったうえで、おもしろがって、みんな自分に何もよう言わんからっていう感じでやってたようにもとれるじゃないですか。それはすごい感じるなあ、逆手にとっているというかね。

子供に「王様は裸や」って言われて、「なんや子供ってノリ悪いのお」みたいな。「しゃれのわからんやっちゃで。黙っとれ、アホ」いうね(笑)。

でも、僕について誰も何も言えないっていうのは、ほんとじゃないですか。でもそんなもん、しょうがないですって。さっきから言うてるけど、誰もやったことないことをやろうとしてるんやから。それは誰も何も言えないでしょう。

そういう孤独っていうのは、トップを走る人間の永遠の課題でしょう。トップも走りたい、でもみんなとなんでも話したい、孤独はいややて、それはわがままですよ。

「どっちやねん、おまえは、ひとりで1番になりたいのか、みんなと一緒にゴールしたいのか」っていう話ですからね。

それと「裸の王様」っていうならば、ほんなら俺は、今まで結果出してきてないか？ そこのへんをうやむやにしてくれるでしょう、批判してくれる人たちって。

ちゃんと結果出してるからね。

＊僕にとっての安らぎ

子供の時、友達がおれへんかったわけやないですけど、えんえんひとりで人形つかったりして遊ぶこともありますよね、家で。僕らの時は仮面ライダーと怪人とか。で、その時、僕が好きだった設定は、どんどんやられるんですよ、仮面ライダーが。もうやられてやられて1時間くらいやられて、もうあかんぞっていうとこまでやられるんですよ。で、最後に一気に巻き返しを図るという、その設定が大好きやったんですよ。もうしつこいぐらいやられて、やられて、挽回《ばんかい》しようかなと思ったら、やっぱりまたやられて、その繰り返しで、最後の最後におかんが「もう飯やで」言うたころに、「はよ食いな」って言われたころに巻き返すのが、僕のすごい好きな設定なんですよ。

それはある種、自分を置き換えてるとこもあるし。

だから叩かれることは、僕にとってはあんまり効果ないんですよ。みなさんが思ってるような効果は。

いま、番組（「松本人志の新ひとりごっつ」）をひとりでやってますけど、めちゃめちゃ楽しいですよ。仕事を離れて誰かと一緒にいて、それで安らぐっていうのもあってええと思うけど、笑いということについて、「誰もやったことのないことをやろうとしている」って、これだけ言ってますよね。

　だから、僕にとっての安らぎは、ひとりでいろいろものを考えて、それが動き出して、いい結果を招いたときに、安らぎが毎回毎回、毎分毎分、あるわけやから、毎分とは言わんけど、でも毎回あるから、そこが安らぎですよね。いや、そら大変やし、ひとりで30分の番組をこなすのは、そらとんでもないけど。でもね。

　言われるんですよ、(「ごっつええ感じ」が終わって)「暇できたやろ」みたいにね。まあ、僕もそれを冗談みたいに言ってるんですけど、ほんまは全然暇なんかできてないですよね。あの30分は濃度濃いから、結局「ごっつ」やってた時とそんな変わらんぐらいの負担がかかってるんですよ。

　けど、けっこうMやからね。燃えてしまう(笑)。

　ただ、これがまたお笑いの難しいところでね、燃えてても、燃えてないように見せたり、とろ火にしたりとかせんといかんわけですよ。燃えてたらええちゅうもんやないから、あえて自分で火力を調節しつつ燃えないといけないんで、そこが難しいですね。

　そうですかね、(ひとりを強調すると)「ダウンタウン解散」って書かれますかね。でもどうなんでしょうか。世間的に、ダウンタウンっていう単位で見てるんでしょうか。

なんか、もう見てないような気がするんですけどね。別もんとして見てるみたいな気がするし、自分もそうなっているかな。

うーん、解散とか解散じゃないとかっていうよりも、単体としてとらえられてしまっているからね。雑誌見て「ダウンタウンが番組でいじめ」みたいな見出しになってても、僕だけの写真やったりしてるし（笑）。

だから（どう書かれようと）あんまり関係ないですね。それに僕がどう思うかどうかにかかわらず、世間の認知的にももう別個のものになっていってるでしょう。

だから、解散とかいうことも、ないような気がするね。

夜、ひとりで考えてるとね、眠くはならないんです。いちばん僕がギラギラしている時間、午前2時から5時ぐらいかな。「いつになったら寝るんじゃい」って感じですよ。

＊24時間大喜利の企画

何年か前は、だいたい6時には寝てたような気がするけど、最近は7時。で、これはまだ進行形で、どんどんずれていってる。だって9時ぐらいまで、なんやボーッと考えてることも、そんなに珍しくないですから。

充実してんのかな、充実してる時間が長くなってきてるってことかな。考えることいっぱいありますよ。もちろん、その間、ずーっと仕事のこと考えてるわけやないけどね。ふとんついたら、すぐ寝るヤツいるでしょう。それってうらやましいと思う時もあるけど、そういう人はいつ考えてるんだろう。

「なんぼなんでも、もう寝なあかんわ」と思て寝てます。気ぃついたら、なんか本読んだまま寝てたとか、テレビつけっぱなしで寝てたとか、絶対ないです。

だから、1回、ほんま、ひとりで24時間大喜利しよかな、と思てるんですよ。好きやから、そんなんしてるの。で、来年ぐらい、1回やろかなと思うて、24時間、ずーっとひとりで。

客はどうでもいいんですよ、別に来ても来んかっても。僕がしたいだけやから。(客は)寝たかったら寝ててもええと思うし、ただ僕が好きでずーっとやるから、まあ1回見てもろて、目え覚めても「まだやってるで」いう話やから。

この企画はエゴのかたまりやし、だからほんまはひとりで家でやったらええねんけども、それじゃああまりにも緊張感がないから、誰かに見てもらって。来年、できるだけ早くやろうかな、と。お寺でも借りつつやろかな、と思たりもしつつ。
ちょっと荒行をやろうかな、と思ってます。

涙について Tears

＊山一証券と歌舞伎のおっさん

「24時間テレビ」の時（感きわまって）泣いてたって、言われてますよね。
ほんまになん回も言うてんねんけど、泣いてないて。
結局、（視聴者は）悲しい曲とともにカメラがばーっと近づいて（タレントが）アップになると、「泣いてんねや」って思いよるんですよね。ドラマとかと一緒で、そういう気になるんですね、怖いですよ、それ。
演出ですよね。あのときは応援ファックスかなんか来たんですよ。それが読まれたら、聞きますよね。で、うれしいていうか、悪い気はしませんよね。だからそのあいだ、いちびってるのも違いますよね。ほな、まあずっと聞いてますよね。その顔を遠くから押さえといて、ザーッとカメラが近づいてくるわけですよ。

そうすると泣いてるように見えるんですよ。ちょっとライトの関係とか、24時間寝てなくて目がシバシバしてるとか、そんなこともいろいろ相まって、泣いてるって見えるんですよ。

泣いたら泣いたって言うんですよ。別に泣いたってええねんから。泣いてないのに、言うんでね。

山一証券のおっさんの会見も、テレビで何度もやってましたよね。そうやなあ、泣くのを見たいって（視聴者が）思てる面もあるんやろうね。

だから涙って、（見る側に対して）効き目があるんですかね。ほんとに反省してたり、そんな気持ちがあればね、たぶん涙なんて出ないと思うんですよ、僕はね。でも泣いたら、いい人だとか許してあげようってことになるのかなあ。

この前、（飲酒運転で事故を起こし逮捕された）歌舞伎のおっさんも泣いてましたね。あれはちょっとねえ、問題が別やと思うんですけどね。

これからは酒も飲めへんし、車も乗れへんって泣いてたけど、べつに酒飲んでもええし、車乗ったっていいやんねえ。いっしょにせえへんかったらいいだけのことやし。あれは観点のすり替えをしとるわけですよね、完全に。ほかにつつかれたら困るところがあるから飲酒運転のことで泣いて、話をそらしているわけですよ。

逮捕されて警察に泊められていたのを、「風邪で（公演）休みます」ってウソは、すごいウソですよ。だって裏工作ですよね、組織ぐるみの。そこをつつかれると問題になるんで、全部飲酒運転にもっていこうという腹なんですよね。そこから目をそらさせようという意図が、もう見え見えなのに、そこをみんなあんまりつつかないですね。なんでかなあ。暗黙の了解があんのかな。

そこをつつきだしたら、あのおっさん個人が謝ったって済めへんし、もっと責任者が出てきて劇場に見に来てくれている人たちをどう思っているのかを、ほんまはちゃんと謝罪しないといけなくなるんですけどね。

＊なんの涙かわからん涙

あのね、結局ね、「何に対して泣いてんねん」ということなんですよね。「誰に泣いてんのか」「何に対して泣いてんのか」ということがだいじなんですよね。

なんか昔もありましたよね、誰かが不倫してたいうて騒がれて、泣いて謝ってた「許してください」って。

誰に謝ってんのかなあってすごい思うじゃないですか。嫁さん、愛人、それから子供がおるのかどうかしらんけども、その人たちに泣いて謝るのはすごくわかる。でも、記者会見して涙流すのって何に対して泣いてるの？「ご迷惑をおかけしました」って、別にかけられてないもんね。まわりの人間数名にはかけたかもしれんけど、なんの涙なのか、悔し涙なのかなんなのか、全然わからん。

なんの涙かわからん涙いうのは、「もうおれ、こうやって泣いとるがな、もうええやんけ」っていうことでしょ。「ほら、もうこんなに泣いてるがな。もう許せよ」っていう脅迫ですよね。

まあ仮に僕が何かで警察に捕まるようなことがあったり、結婚して不倫が発覚しても、会見で謝る気なんてさらさらないですね。そうすることで、警察もテレビ見てるやろから、「ああ、反省の色があるな」っていう効果もあるかもしれないけど、僕は罪は軽くならへんでもええから、意味のない人たちに謝るようなことはでけへんなあ。

だから山一証券のおっさんの涙はそんなにカッチョ悪いと思えへんけどね。歌舞伎のやつに比べたら、全然涙の意図がはっきりしてる。うん、自分に責任があると言ってるわけでしょ。だから謝ってるわけでしょ。

しつこいようやけど、歌舞伎のやつの涙の意味がわからんもん。一生わかれへん。まあ上から言われたんでしょう、「記者会見して泣いてこーい」言うて。「『すいませんでした』言うて涙のひとつも流してこい」ってね。

僕ね、話がずれてしまうんですけど、歌舞伎とかね、大っ嫌いなんですよ、ほんまに。なんて言うんですか、あの変な気持ち悪ーい世界、独占企業みたいなもんですよね、あれね。自分の息子や孫でガッチリ固めてしまうわけですよね。「親の七光り」って言葉があるけども、なん光かわかれへん。

＊米国エゴエゴ映画を見て

僕、いつも言うのはね、自分の親が社長でそのまま会社継いでる人、いっぱいいるでしょう。なんでかなあ。俺なら絶対、考えられへん。自分でゼロから何かつくりたいもん。絶対いや。

でもね、子供に継がせるということをやるとね、結局遠回しに「この仕事は誰でもできるんやで」ということを認めてしまうことになると思うんですよね。だから歌舞伎でも、おたくらのやってることは子供のうちから舞台に立たせりゃ誰でもできるということを言うてしまってるんですよ。だからあんなハンパなおっさんができるんですよ。自分ひとりで何も解決できないやつなんですよね。

あのおっさんに限らず、(日本人全体が) ハンパになってると思いますよ。この先、もっとなっていくと思うな。すごい子供、かわいがりますよね、今の大人って。あんな子供がどんどん大人になっていくわけでしょ。絶対ヤバイと思いますよ。大人になりきれへんやつ、いっぱい出てくると思いますよ。

日本人がアメリカかぶれしてね、向こうは家族を大切にしたり、子供を猫かわいがりしたりするでしょ。それと同じような風潮になってきてるじゃないですか。結局、アメリカでもろくでもない中途半端な人間、いっぱいおるでしょ、薬やったりとか。日本でも、あんな大人がどんどん出てきますよ。

僕、昨日『エアフォース・ワン』見てむかついてねえ。『インデペンデンス・デイ』を見た時も思たんですけどね、アメリカのエゴエゴ映画なんですよ、アメリカはすごいって。最後に脱出せなあかんわけですよ、飛行機がこのままじゃ墜落するって。その間もいろいろあって、大統領を守るために、いろんな人が死んどるわけですよ。それでね、脱出するのに、飛行機並走させて、ワイヤーで向こうにひとりずつ渡らすんですよ、それもようわからんですけども。で、その時に自分の嫁はんと娘が乗っとるんですよ。そこで大統領が「先に女房と娘を」みたいなことを言うわけですよ。家族愛みたいなことを訴えとるわけ。

腹立ってねえ。「違うやろ」と、おまえは大統領やねんから、みんなこんだけおまえの命を救うためにいろんな人が犠牲になってやってんのに、そこはおまえがいちばんに行け、と思うでしょう。そんなの家族愛でもなんでもないもん。そこはやっぱり、「私は大統領やから、こんだけの人たちが犠牲になって、私の命を守るためにやってくれたんや。ここは私が先に行く。ここはおまえの夫、親父じゃなく、大統領としていちばんに助からないかんねや」って言うたほうが感動できると思いません？

っていうか、大統領とかに家族がおること自体、僕はおかしいと思うんですよ。家族もいらん気持ちで取りかからなあかん一生の仕事とちゃうのん。違うのかなあ。

日本でも、選挙で当選して泣いてる人おるでしょう。ようわからん。

なんでうれしいんですかね、政治家って大変なんでしょ、知らんけども。それを通ったから泣くほどうれしい、ほなやっぱりなんかあんねんな、と思ってしまうなあ。選挙活動がすごい大変で、だから喜んで涙してんねやって言うでしょうけど、それもねえ、マッチポンプっていうか、自分がやったことやからね。そんならなんで、選挙出たんやって話やからね。

すっごい冷たいやつやって思われるかもしれんけど、僕は泣かれてもほんまに何も感じないんですよ。女に泣かれても、「ああ、泣かれたからこれ以上言われへんな」とかいう気にも別にならんし、喜怒哀楽の一種類やとしか考えてない。

＊「別れないで」と泣かれて

涙なんてすぐ出せるでしょう。絶対、出せますね。おれ、泣こうと思うたら泣けるもん。

入り込んだら泣けますよ。コントしててもね、「ああ、今やったらたぶん泣けるな」って思う時あるよ。「トカゲのおっさん」でもね。泣いたってしゃあないから泣かないけど。

映画とか本で泣くっていうのも、もう小学校ぐらいからないですね。敏感なんですよ、

「ああ泣かそうとしてるわ」って読めてしまう。そうすると、しらけてしまうんですよ。どちらかというと。

なんちゅうかねぇ、僕もアーティストの端くれとしてね、泣く方向にもってくのって、すごく楽じゃないですか。楽なんですよ。まあ、僕は映画撮ったりとか、そういう気はないけど、映画撮るとしたって泣くような映画は撮りたくないし、そんなん誰でもできるからねえ。ベタやなあ、もっと違うところをくすぐれよ、っていうやつですよね。子供の時に女の子泣かしたらあかんて言われましたやんか。それを大人になってやってるわけですからね、意味は違うかしらんけど（笑）。

プライベートな女の涙ですか？　あ、「別れないで」とか？　うーん。その時は泣いても、一生泣いてるかっていうと、笑いよるからね。もう死ぬまで一生泣き続けんねやったら大したもんやけどね、笑いよるからね、あとで。飯食いながら（笑）。

だから、まあ別れ話で女が泣くことはあるでしょうけど、それを（別れる別れないの判断の）採点に入れたらね、いかんでしょう。泣かれたってあかんもんねえ、そんな泣いたからいうて、許してつき合い続けたって、この先もっと泣くことになるやろ、ちゅう話やからね。

冷たいと思われるかな、でも、そうやからね。

人見知りについて　Shyness

＊初対面の人と話せるケース

人見知りですね、すごい。それで人見知りについていろいろ考えてたんですよ。なんで人見知りっていうものが存在するのか。なんとなくちょっと、わかりましたけどね。

結局、人見知りっていうのは、相手に自分のことを悪く思われたくないっていう心理なんですね。

下手にしゃべってマイナスになるのはいやいやと思う気持ちが、人見知りという形に出るんでしょうね。僕の場合、ほんとの僕はそんなに悪い人間じゃないという気持ちがあるから、自分の中にね、だから誤解されたくないという気持ちが、人見知りになってるんやないかな。

けっこう意外でしょ。

でも、プライベートというか、ふだんはそうなんですよ。

だってね、僕が初めて会った人にいちばん気持ちよくしゃべれるのはどういう状況の時かというと、腹立ってる時、喧嘩した時ですよね。道で初対面の人間にベラベラしゃべれるのは、そいつに対して怒りがある時ですよ。いいヤツやと思われたいなんて一切考えてないでしょう。そしたら自分の思てることをガーッとしゃべれますよね。「人によく思われたい」という気持ちが強い方とは思わないけど、でも普通の人間ですから、そういう気持ちも働くんですよ。もちろん、それだけが理由じゃないけど、人見知りのすごく大きな要素はそこにあると思いますね。

じゃあ、なんで仕事だとそうじゃないかというとね、嫌われてもいいと思ってるからなんですよ。トークの時でも、多少この人を傷つけても仕事上やむを得んっていう気持ちがあるし、笑いっていうものをつくるうえでは多少の犠牲はしょうがないって気持ちが常にあるから、悪く思われたくないという気持ちを一切無視してしゃべることができるんですね。

どうなのかなあ、お笑いの人間ってすごい社交的やて、みんないまだに思ってるんでしょうか。

それは大きな間違いですもんね。僕の知るお笑いタレントさんで、社交的な人なんてまずいないですよ。みんなすごい人見知りやし、まあ僕は特にひどいかもしれんけど、でも、まあ僕に負けず劣らずみんな閉鎖的やし、外部の人間を中に絶対入れようとせえへんし。だから、「普段はおとなしいですね」とか、みんな言われてると思う。だいたい社交的とかそんなんで、お笑いなんてできるわけないですもん。やっぱ、どっか一歩離れたとこから人間見てるような目線は絶対必要だし、人間の和の中に入り込んでしまった人間には、笑いは絶対できひんと思う。

笑いを理解していないと、笑いで飯食えないですよね。バイクのこと一切わからずに走ってるレーサーがいないのと同じで、笑いというものに乗って走ろうと思えば、笑いというものがどういう原理で成り立っているのかを頭に入れないとだめですよね。笑いのメカニズムを理解するうえで、暗さとか、一歩退いている状態っていうのがわからないと。

「笑いイコール明るい」と思って、それで「オレ、お笑いやるねん」って入ってきたヤツは、まずこけるんじゃないですか。事故るってヤツですね。自分の乗ってるものがなんなのかはっきりわからないで、無意味にスピード出して、カーブで転倒するとかね。

*学生時代のセールスマン

だから、僕がもし人見知りじゃなかったら、いまの僕はなかったと思うし、人見知りは僕にとって必要悪、あえて悪と言うけども、そういうものやと思いますね。

あのね、実は俺、人見知りが激しいんやって気づいたんは、この何年間なんですよね。何年間っていうのは言い過ぎかな、でも、25は超えてたような気がする。

だって学生時代って、あんまりそんなこと思いませんよね。人見知りしてても不都合なことってないじゃないですか、気の合う人間さえまわりにおりゃ、別に。外部からの人間をそない受け入れないかんていう状況って、社会に出てからですよね。

学生時代はちゃんと「松本はおもろいなあ」って集まってくる人間がいて、もう十分事足りてるわけで、何も隣のクラスや違うグループに行って、「やあ、どうや」って言う必要もないから、自分が人見知りやなんて、そんなことは全然感じてなかったですよ。

あと考えてみたら、僕、ゼロから友達つくったこと、一回もないんですよね。あ、一回だけあって、それはいちばん最初ですよ。小学校1年生の時に初めて友達ができたんですね、辻本勝彦っていうんですけど、こいつと友達になったんですね。それ以降、そいつをパイプに友達つくっていって、ゼロからつくったこと、ないんですよ。

もうそこから一回も切れることなかったですね。「松本ってちょっと取っつきにくいけど、実はおもろいヤツやで」というふうに、セールスマンになってくれるヤツがいるわけですよ。そいつが間に入って、3人で遊ぶようになって、気いついたら、どっかでそいつがおれへんようになってもオーケーな関係ができてる。

浜田もそうですよ。浜田と僕の共通の和田修一いう友達がおったんですけど、3人でずっと遊んでて、気いついたら浜田とばっかり遊んでるようになって。でも和田修一がおれへんかったら、僕と浜田の関係はまず成り立ってなかったと思います。

＊自覚を遅らせた女性問題

そんなんだから、人見知りのことはよけい感じひんかったんかもしれへん。だからまあ、この世界に入るといろんな人間と出会いますから、「ああそうか、俺って人見知りなんやわ」ってちゃんと気づいたんは、もしかしたら東京へ来たころかもわかれへん。

あと、ほら、女の問題があるじゃないですか。人見知りなくせに、女には人見知りせえへんていうね。街で会う女にはまず、ないですね。それがよけいに僕が人見知りって気づくのん、遅らしたんですね（笑）。

さっき会うたヤツ、平気で家へ連れてきて、ひと晩いっしょにおったりするわけですから、なんでそんなことできんねやろと思うけど、できるんですね、これが不思議と。たぶん、セックスというものが勝ってしまうんですね。僕の人見知りなんていうものは、セックスへの欲望に比べりゃしれてるから、もうそんなこと消えてしまうんでしょうね。女でも仕事がらみの女には、やっぱり少し、人見知りするんですよ。

人見知りって、どっか甘えでもあるわけですよ。「人見知りしてもええやん」っていう甘えがあるんでしょう、きっと。だから、死活問題、「ここで人見知りしてたら死活問題やぞ」っていうことになってくると、仕事とかセックスとか、そういうものが前に立ちはだかった時には、「人見知りしてもしゃあないで」ってなるわけですね。

女に関していえば、セックス終わったらちょっとしゃべりにくくなったりするもん。パワーダウンするんですね。人見知りのほうが勝ってくるんですよ、射精したことで。そういうの、あるね。

いま、話してて思ったんだけど、人見知りって「自分を出せない」ってことになるかもしれないけど、人と向かい合った時に自分を出そうと思えば、出す順番があるわけですよね。

人間って絶対に、なんか敷布団と掛け布団みたいに、折り重なってますよね。で、いちばん最後、いちばん下に敷いてあるものがほんとの自分なわけですよ。そのほんとの、自分の敷布団を見てもらえば、「ああ、松本って悪いヤツやないんや」っていうか、「こんな人なんや」って、それに対する自信はあるんですよ。でも、その上になん枚か載ってるから、まずいやな部分を見せないかんわけですよ。

それをめくって、これをめくって、これもめくって、で、「ねっ」ていうことなんですよ。それがきっといやなんやと思うんですよ。ほんまの自分のいい部分の前に、ちょっとイヤなとこもさらけ出さへんかったら、いい部分を見せられへんから、そのさらけ出すのがいやなんやと思う。

だから僕は、人見知りする人間ってほんとはすごいいい人やなと思うんですよね。ま、自分がそうやからそう思ってるだけなんかもしれへんけど、でも、だいたいそうですよ。いい人間やから、自分のいちばんいい部分をいちばん下にしてしまう、敷布団にしてしまっているような気がするな。

うん、人間ってやっぱりパイの生地のように何重層にもなってできてるから、第一印象がいいっていうのは、それをけっこう表のほうにもってきてるだけのこと、のようなケースが多いですよね。だから、順番じゃないかなと思うんですよ。

＊ナンシー関とパイ生地

たとえばなんかもの書いてて、ナンシー関さんなんかでもいいですけど、だれかひとりのタレントを批評しますよね。批評されたタレントはもちろんいい気はしてないと思うんですけども、じゃあナンシーさんはその人のことを嫌いかとなると、あながちそうとは限らへんと思うんですよね。じゃあなぜナンシー関はそのタレントのことを悪く書いてんねや、ほんまは腹が立ってへんのに、仕事のために腹立ててんのかっていうと、それも違うと思いますよね。そのタレントに対しての毒舌はウソじゃないけど、100パーセントかというと、そうじゃないんですよ。

少なくとも僕が書いてた時はそうやったし、たぶんあの人もそうやと思うんですけど。だって（書く対象に）いいとこがあることぐらいわかってますよ。でも「こいつの20パーセントが嫌いや」いうとこを、１００パーセント書くわけよ。いいとこは全部除外して、嫌いなとこ一点に集中さして、それこそ虫眼鏡で光を集めるようにせえへんかったら、ものなんて書けないわけですよね。

僕がここでナンシー関をフォローする理由は何一つないんやけども、あの人は毒舌みたいな部分をパイ生地のいちばん上にしてるんやと思うんですよ。

人見知りっていちばん感じる時ですか。よく感じるのは、タレントが集まってる場の中に入れないんですよ。ま、それと、コンビやから、浜田がその中にいるから、僕は入れないっていうのもあるかな。２人で入ってたら、ちょっと気持ち悪いじゃないですか。

浜田だって、社交的かというと決してそうじゃないし、どっか一歩ひいて見てるとこすごいあるけど、そういう中には入っていけるんですよ。どっかで僕の激しい人見知りを察知して、まあコンビって、お互いないとこを補っていくみたいな、なんか自然にそうなってるのかもしれないですね。

理由について Reasons

＊刺したヤツと裂いたヤツ

とにかく理由づけを、みんな必死でしたがるんですよね。ナイフの事件が起きたら「学校教育がどうたらこうたら」「親と子の距離感が」って、そんなの関係ないですよ。三田（佳子）さんの子供の事件があれば、「なんで覚醒剤をやったのか問いただしてみる」。そんなもん、理由ないですよ。いじめっ子に「なんでいじめたんや」って聞いたって、理由なんてないですよ。僕はそう思います。

それはみんな言いますよね、追及されたらなんとかその場を取り繕わなあかんし、なんか言わんと帰してもらわれへんから「なんかムカついた」とか。一応言うし、そのムカついたというのはウソじゃないねんけど、「じゃあなんで蹴ったりしたんや」って言われても、理由なんてないと思う。

覚醒剤だって、興味をそそるものであるからこそマヤクなんですよね。それが手に入るからやっただけでしょ。遊び心というか。まあ、オレはせえへんけどね、プライドがあるし、自分が好きやから。けどあったら手にする子はいるだろうし、それは身近に興味そそるものを手に入るようにしたほうに責任があるわけで。おもちゃ、横に置いといて、「これで遊ぶな」言うたって、そら遊びますて。なかったら、遊ばれへんねやから。

ナイフで先生を刺し殺したヤツは、完全に犯罪者ですよ、完全にイカレてると思う。けど、そういうヤツは絶対おるわけ。

びっくりしたんやけどね、昨日かなあ、テレビのニュースでやってましたよ、どっかの中学生がナイフで同級生の子のカバンを切り裂いたと。全国のニュースで、ですよ。同級生のカバン、切るぐらいのことは、いたずら心で誰でもやるやろ、と。まあ誰でもとは言わんけども、その子はオレ、正常やと思うもん。普通の子やと思うもん。それを中学生がナイフ持ったら、なんでもいっしょにして、無理やりあおってる。カバン切った子の気持ちを少しは考えてやれよ、と。「オレってそんなに悪いことしたか？」って思ってますよ。

なんかまとめて理由をつけたいだけなんよ。それが結局、水をかけてるのやなくて、うちわであおいでいるようなことですから。ワイドショーとかはね、結局広げたいんですね、火の元を。

それでまたアホがナイフを売れへんようにしようて言うんでしょう。アホかと。ナイフ売らんでも包丁売っとるし、別に武器なんて、それこそシャープペンシルで目刺したら終わりやし。アホの集まりや。

いや、僕、中学生の時に、意味なく掃除箱蹴《け》ったりとかしましたよ。「なんで蹴ったんや」言われたかて、そんなんわかれへんもん。なんか蹴りたかったんちゃうの。知らんもん、そんなん。そんなことでいちいち理由なんかないもん。別にむしゃくしゃしてたわけでもないし、その時のノリちゃうの、そんなん（笑）。

＊大人のわけわからん使命感

蹴ったら先生に怒られてね、「なんで蹴ったんや」言うんですよ。その場を逃れんといかんから、なんか理由つくるんですよね。それがまたその理由で納得しよるもんやから。「なんか寂しかってん」言おうもんなら、いままで加害者やったんが、被害者みたいになれるんですよね。「寂しいからいうて掃除箱蹴るか」「寂しいからいうて覚醒剤に手出すか」いう話なんですよ。とりあえず大人を安心させとこ、そうせんと、この場を逃れられない、それだけのことじゃないですか。

オレ、学校の先生になったら、ええ先生になると思うわ。めちゃくちゃ考えてることわかるもん、子供の。なんやろ、オレが成長してへんからかもしれんけど、僕、中学生とかの考えてること、全然わかりますよ。

そらいまの話でも、中学生の何百人、何千人の前でやったら、「ワアー」ですよ。「松本、ようわかってるわ。理由なんてないちゅうねん」って。

大人やから、なんかちゃんとした理由を見つけないかんというね、なんかわけのわからん使命感みたいなもんがあるんですかね。「おまえら、子供の時のことよう考えてみい。なんか部屋にあるもん、ガーッ倒したりとかしたやろ。その時、理由とかあったんか」って。突き詰めたらないですって。

人間って、そんなもんちゃいますのん。動物もそうか。犬がなんで走り回ってんねん。そんなん理由なんかあれへんもん。それといっしょやもん。そんな賢い生き物ちゃうやん、人間も。

僕、いまでもなんか人の背中見てたら、後ろからバンて殴りたなるんですよ。理由なんてないもん。そういう感じ、あるじゃないですか。それはもうセックスといっしょで、「なんで女の乳首、吸うんや」言われたって、理由ないもん、そんなん。

情報社会みたいなことというでしょ。で、週刊誌やワイドショーや、めちゃめちゃいっぱいあるわけですよね。でも、情報ってそんなにないんですよ。だからいらん情報も流したり、無理やりこじつけてこじつけて、そのことによってどんどん間違った情報を流すようになっていくわけですよ。やることないくせにやろうとするから、どんどん話をややこしくせな、もてへんようになってくるわけですよね。

*勲章がメダルに変わって

それでなんか、きっちり理由をつけて書類にしないと気がすまない、解決してない、みたいなことになってしまっている。そのシステムに問題があるんですよ。だって世の中、理由がないことのほうが多いんやから。でもそれではすまされへん状況でしょう。だってね、いじめ問題にしたって、ワイドショーが取り上げてるけどね、「おまえら、そもそも芸能人のゴシップ扱って、それ、いじめちゃうんか」と思うもん。僕なんか、すっごいいじめに遭うてますよ、強いからいいけど。オレがいじめられっ子いうのを声を大にして言うてえへんだけのことで、やってることは完全にいじめっ子ですよ。そういう番組が、同じノリで「いじめ問題」扱うているいうのは、もうチャンチャラおかしい。

（芸能人のゴシップ扱うのは）おもしろいんでしょう。そこまでですよ、理由って言えるのは。「じゃあなぜおもしろいんだ」って言われても、これはもうわからない。そういうもんなんですよ、人間ちゅうのは。ただ、僕はそういうことをおもしろいとは、あまり思えへんけどね。彼らは思うんでしょう、それは負けてるみたいな気持ちがあるからなんでしょうけど、それはまあええねんけど。

とにかくいじめに理由はないと思うよ。だからなくなれへんよ、絶対に。うーん、なんやろね、人間というものの持っている、闘争本能とか……。

僕は嫌いやけど、オリンピックで盛り上がってんのも、国同士の戦争やからね、形を変えただけでね。

オリンピックでなんでみんなが頑張るのかって理由だって、わからへんよね。「日本が金何個」という言い方するじゃないですか。「佐藤さんが金1個」っていうことでしょ。それが「日本が何個」いう言い方になるのは、戦争なんですよ。勲章がメダルに変わっただけの話なんですよ。

だから、オリンピックの間はアメリカはイラクを攻撃するなみたいなこと言うてるけど、おかしな話ですよね。

水泳の千葉すずが「日本はメダル気違い」言うたけど、「気違い」いう言葉が放送コードにひっかかっただけで、言ってることはすごい正しいと思うね。

いや、だからね、ほんまに弱い生き物なんですよね、日本人て。日本人がメダル取ったら、日本全体がワンランクアップみたいなね、1コマ進めるみたいな気になるんですよ。金取ったヤツは1コマも2コマも進んだかもしらんけど、おまえは関係ないやんけ、と。

僕なんかは、いつも言うてるとおり、自分がずっと闘ってるという気持ちでやってるし、現にそうやから、人のこと応援する余裕ないわと思うんですよね。自分の闘いを放棄して、ちゃんと闘えていない人が、人の応援に回るんでしょうけどね。かわいそうですよね。

そうそう、だから理由聞きたいのも、安心したいんですよ。理由なんて、だれにでも当てはまるんじゃないということも、わかってると思うんですけどね。「親の教育」って、すぐ言い出すでしょう。僕だって、親から何も教育されてないけど、「だからおまえは変人や」言われたら、もうそら知らんけども、まあ別に前科もないしね。コメンテーターとかキャスターとか言われる人間がね、僕ね、もっといろんな経験したヤツがやらんといかんと思うんですよ。

帝京のラグビー部の事件でも、クリントンの愛人問題でも、「スポーツマンとしてどうたら」「大統領としてこうたら」とかね、そんなもんね、「おまえらみたいな性欲もあれへんようなヤツに言われたないわ」と思うんですよ。いや、ほんまはあんのか知らんけど。「ほな、なにか、性欲ないもん勝ちかい」みたいな。こうなったらね、クリントンなんかでも、まあどこまでほんまかわかれへんけども、ワー言われてるでしょう。そんなこと言うならね、もうインポのヤツしか大統領になられへんやんけ。「チンポ立てへんもん勝ちかい」じゃないですか。

＊風俗に興味のないキャスター

この前、鳥越俊太郎がやってたんですよ。風俗を扱ってね、総括として、「僕はそういうのはあんまり興味がないけども」みたいなことでコメントをするわけですよ。その時点で、もうあそこに座ったらダメなんですよ。

興味があって、何回か行ったことがある人間の常識をわきまえた意見が聞きたいんですよ、こっちはね。まず、そこに興味がない人間なら、何も言うてくれるな、と。いや、ほんまは興味あって、ちょいちょい行っとんのかもしれんねんけども、それは言われへんのかもしれん。それなら、もうそこに座るなと。

「僕は風俗好きですよ、いまでもたまに行ってます。それで思うんですが」ということで話しだしてほしいんですよ。じゃなかったら、ニュース番組のど真ん中に座って、偉そうなこと言うてもあかんて。

いや、僕ならある程度、言えますよ。帝京の子らの気持ちも、わかるもん。そら、女好きやし。もちろん、無理やりはあかんけど、その時のノリで、気持ちはわかる。「わかるけども……」というところから話をしていかんと、気持ちがわからんヤツが何言うたって意味ない、思いますよ。

でも、「気持ちはわかる」なんて言うたら、世間は納得せんかもわからんね。「希望的観測」いうか、「あれはいかん」で落ち着きたいだろうから。

絵について Paintings

＊最終的なオレの場所

なんとなく自分で、最終的に落ち着く先は、絵とか彫刻とか、そういう場所やろなというのはわかってるんですよ、ほとんど。

いつも言うてるとおり、お笑いでずーっとやっていくつもりもないし、でも、ものを作ったり何か発想したりということは、笑いを離れてもやっていけると思うから、いろんなものを作りたいんですよね。

最終的には絵かなあ、彫刻かなあ……。いや、なんか立体をいっぱい作りたいなと思う。

ジミー（大西）の絵は僕、すごい好きやけど、僕のやりたい感じではないですね。彼は水彩画やけど、僕は絵にしたものを立体的に物体化したいんですよ。でもさしあたって何から始めたらええかがわからないし、もうちょっと落ち着かんとできないと思うんで、いまはあいた時間にイラスト描くぐらいのことしかでけへんのかなと思うんですけどね。それでここ最近、ちょこちょこ描いたりしてるんです。

去年の暮れぐらいに「またイラストでも描こう」って急に思い立って、スケッチブックを買いに行って、描いてたんですよ。そしたらほんま、不思議なんですけどね、別に宣伝するつもりもないねんけど、ハイローズが「ジャケット描いてくれ」ってきたんですよ。「なんじゃ、このタイミング」と思って、やらしてもろたんですけども、楽しかったですよ、めちゃめちゃ。

美術とか工作とかはずっと成績よかったですね、それだけは。僕が笑い以外で自信もてるのは、そういうことだし、ものを作り出すという意味では共通してるから、やっぱり向いてるなと思うし、けっこう時間忘れてできることかな。

あんまり僕、人に表立って言ったことないんですけどね、美術館とか、しょっちゅう行ってるんですよ。あのね、なんちゅうたらええのかなあ、彫刻とか絵とかね、見に行くとね、「ここが最終的なオレの場所やな」「これやこれや」という感じがすごいする。

昔から美術室がすごい好きやったし、粘土で何か作るとかも好きやったし、前世、そんなんやったんちゃうかなと思うんですけどね。

これも初めて言うんですけどね、ゴッホが好きで、日本というか、東京とか近郊でゴッホ展みたいなのがあったらたいがい顔出してるんですよ。ゴッホの絵の専門的なことは何もわかれへんですけど、彼の生きてきた過程みたいなもんを考えて見てると、なんか「すごいいいなあ」って思うんですよ。

アホかって笑われそうですけど、すごい自分に似てるように思えて、だからひかれると思うんです。これ言うと、ほんま笑われるかもしれんけど、生まれ変わりちゃうんかな、と思た時があるぐらい、なんか自分とダブらす部分がすごいあるんですよ。境遇が似てんのかなあ、そうでもないかもしれんけど。

＊「天使の機長」で描ける絵

ゴッホって生きてるうちに、全然評価されなかったでしょ。死ぬまでに売れた絵は1枚だけなんですよね。それもやっすい値で。こんなこと言うと、「待てよ、おまえはそれなりに評価されとるやろ」と言われるかもしれんけども、僕にとっては本来の力に見合った評価は全然されてないと思うし、オレみたいな者は死んでからしか無理なんかなあと思ったり、なんかすごい、「わかるぞ、ゴッホ、気持ちはわかるぞ」いうのがあるんですよ（笑）。

絵とか彫刻とかって、それを見て「すごいな」と言う人と、「わからない」と言う人に分かれますよね。うらやましいんですよ、それが。だってお笑いは、全然わかってないヤツにも、「おもしろくない」とか評価されてしまいますよね。「理解できない」じゃなくて「おもしろくない」。すごいかわいそうな世界ですよ。

それに、絵とかは残るでしょ。古くもならない。そこもうらやましいかな。

笑いを作るのと彫刻とかオブジェを作るのと、発想では共通してるとこあると思うんですよ。彫刻見に行ったら、「ウッソー」っていうようなんがありますもんね。「おまえ、これ、笑かそう思てるんちゃうんか」っていうようなのが。

いま、「ひとりごっつ」で最後にちょっとオブジェみたいなの作ってるけど、あれなんかまさにそうで、笑いを残しつつ、オブジェと結びつけてる。まああれは、お遊びみたいなものですけどね。

笑いの場合、僕はそれを口にしたと同時に、頭に絵が浮かんでるんですけどね。「ひとりごっつ」で単語と単語を組み合わすっていうのをやってて、「天使の」っていう言葉に「機長」っていうのを足して、「天使の機長」ってしたんですよ。それを聞いて「何がおもろいねん」って思う人ってたぶん、頭の中が真っ白なんやと思うんですね。

＊いいとこ突いてるエイリアン

僕はもう、自分のなかで絵ができてるわけですよ。コックピットで宙に浮いて、羽をパタパタさせながら、ちっちゃい子供やねんけど、チョビ髭はやした子が操縦桿《かん》握ってるっていうのが。だからそれをおもしろいと思ったんですよ。それが頭に描けない人は、絶対おもしろいと思わないでしょう。

それ、絵を描いたんですけどね、結局。そうするとみんな笑うんですよ。でも僕は、あとで絵を見せられても笑わないですよね、さっき自分が描いてもうた絵やから。だから、必ずといっていいぐらい言えることは、「なんで松本、ひとりで笑てんねん」という時は、僕のなかではおもしろい絵が描けてるんですよ。「松本ひとりで笑てる。あいつゲラなんかい」みたいに思われるけど、全然違うんですよね。

（いま、話をしている）ここの楽屋、いっつも暑いんですよ。この間でも、「ここの空調を調節してるおっさんは、タイ人やぞ」って言うたんですよ。その時にどんな絵を描いてんねや、と。どんな感じや、どんな顔や、そのおっさんが空調いじってる絵を、おまえらはほんまにちゃんと描いているかと。「それは大切なことやぞ、描こうや、みんな」と思うんですけどねえ。

トークとかの場合、絵描けてないヤツに説明してるのが浜田やと思うんです。浜田は絵は下手ですけど、頭の中ではきっちり描けてるから（笑）。

コントの場合でも、僕が頭で描いた絵と同じようなセット、メイク、衣装でできたらいいんですけどね、できひんこともいっぱいある。予算的な問題とかいろいろあるんでしょうけどね。

家で描いてるイラストは、そういう仕事を離れてますよ。だって、テレビで絵を描く時、大喜利の時とかでも、すごい省略するでしょう。家で描く時は細かいですよ。

いや、僕ね、自分で言うのもなんやけど、ほんとはね、かなりうまいんですよ。でもテレビでうまく描くとね、もちろん、時間がかかるというのもあるけど、笑いのほうにいかないんですよ。「うまい！」ってなってしまうから。それは笑いの足を引っ張るんで、わざと下手に崩して描いてる。ヘタウマですね。

その点、家では、うまさを追求してるけど、そうですねえ、人に見せるとたいがい「気持ち悪い」と言いますね。「怖い」とか。ちょっとブヨブヨしてたりブツブツしてたりするんですよ。

内面を表すというより、気持ちの悪い生き物が多いんですけどね。そんなんちょっと家におってほしいみたいな。ま、それだけじゃないですけど。

なんか、そんな物体を立体的に作るために、まず描いてるのであって、それを（絵として）完成さすわけじゃないから、色は塗ってないし、ペンとかにもこだわらないです。ただ、描いてると壁があるんですよ。何日かやってると絶対、行き詰まるんですよ、おもしろいですよ。子供の時からマンガとか描いてて、どっかで「なんやこれ、全然あかんやんけ」と思う時あるんですよ。

それね、ステップアップの時期なんですよ。めげずにやると、すごいレベルアップするんですよ。いま描いてるのは、まだレベルアップの段階までいってないですけどね。

ありもんは描かないです。ないもんを描いてる。立体にしたって、裸婦像とかそういう、あるもんは作りたくない。だって世の中に生き物って何種類いるんか知りませんけども、まあ3万種類いるなら、3万1個目を作りたい、やっぱり。それ作らんと意味ないと思うんですけども。

「エイリアン」ね、あれはなかなかいいとこ突きましたよね、あの後頭部が長ーいのね、「オッ、おまえなかなかやるやんけ」と思いましたね。

エイリアンってね、たぶん基本はカブトガニやと思いますよ。カブトガニ、芸術的ですよね、すごいいいじゃないですか、タコとか。あと陰部とかも好きなんですけどね。あんなん、やっぱり、立体的なものを作りたいんですよ。

ちょっと気持ちいいっていうかね、「気持ちええなあ、この感じ」っていうのね、タコの吸盤ってそうでしょう。「気持ちええとこ突いとるな、おまえ、なかなか」って思うじゃないですか。思いません？

＊左右対称じゃない何か

ほんまカブトガニは気持ちいいですよ。「なんてカッコいいフォルムなんや」って。カブトガニってあいつ、すごいカッコいいですよ。もうそうとしか言いようがない。飼いたいどころか、もう、なりたいぐらいですよ。

でもね、僕の挑戦はね、やっぱり発想でしょう。発想ということはもとあるものに絶対とらわれない。どこまでとばせられるかということなんですよね。エイリアンはさっき言ったように、「なかなかええとこを突きよるな」とは思いますけど、いっつもどっかでひっかかるのは、左右対称の生き物でしょう。手が2本、足が2本。結局その域を脱してないんですよ。それはしょせん、とばせてないぞ、と。

もっとグジャグジャにしたいって思うんですよ。考えてみると、地球上に存在するものってほとんど左右対称なんですよ。真ん中に鏡を置いたら成り立ってしまうのがほとんどですよね。そこじゃないところをいきたい。

というて、安直にこっちから1本手が出てこっちからは角やて、それはムチャクチャやから、そうじゃなくて「成立してるけど、左右対称じゃないもの」っていうのを何か作れるんちゃうかなって。それを追求したいんですよね。

そういうオブジェを作りたいことははっきりしてるんですけど。高校が一応、機械科やったんで鋳造とかやったんですよ。ああいうので作った型に何か流し込んだらいいんでしょうね。

まあ、そこには笑いも発生しなければ、カネも発生しない、人の称賛とかいうものもないんでしょうけどね。

年齢について Age

＊半年で激しくやせたころ

このあいだも、「ガキ（の使いやあらへんで!!）」でちらっと言うたけど、はたち、21ぐらいのときかな、けっこう僕、太ってたんですよ（笑）、実は。けっこうみんな、知らんねんけど、全然無名のころやから。

ダウンタウンってコンビ、知られてないときって、松本、浜田っていうことがはっきりしてないから、「ダウンタウンの大きい方」とか、「ちょっと生意気な方」とか、そんな言われ方されたわけですよ。そのときに、「ダウンタウンの太ってる方」って言われたことがあって、これはいかんと思ったんですよ（笑）。オレは太ってることで笑いを取るタイプでは絶対ないから、こんなんが定着したらいかんぞと思って（笑）。

で、まあ、うーん、ダイエットちゅうか、まあ、して、めちゃめちゃやせたんですよ。ほんま、半年ぐらいで、8キロか9キロやせたんちゃうかなあ。

食べへんかったんですよ、あんまり。あ、そのころにね、ちょうど1人暮らししだしたんもあって、自分でコントロールできるようになったんですよ。家族と住んでるとできないでしょう。帰ったら絶対、めしがあるし、またうちのおかんの味つけが基本的に濃いから、めしがすすむんですよ。

自分でやるようになると、今日はもう、抜こうとかできるんですよね。半年で53キロぐらいになって、それでもう、やめよと思って。

そのあと、やめても太らなくなったんですよ、全然。で、23歳ぐらいから27、28ぐらいまでは、もう全然太らず。それはもう、みなさんがご存じのころですわ。で、28、29ぐらいから、「ちょっと太ったんちゃう?」って言われだしたけど、もうそのころ僕は「もう、ええんや、そんなもんは」と思てたから、そのままで現在に至るんです。

いま、何キロぐらいあるんやろ、長いこと量ってないけど。60キロ、あるかないかぐらいちゃいますか。

25、26歳のころかなあ、思い始めたんですよ、「もう、キャーキャー言われるのも、ええで」って。「もう、そんなんじゃない」って。裏を返せば、やせようと思ってやってたころは、しょせん、そんな次元やったんですよ。やっぱり異性を意識してたというか、服とか気ぃ使ってたからね。

いや、それはね、僕は24、25歳ぐらいのときに、ワーッと騒がれるようになって。まあ、大阪レベルの話ですけどね。

そのとき僕は、ルックスというか、そういうのに気も使ってたんやけども、最終的にはおもしろいからキャーキャーッて言われてるんだって、ずっと思ってたんですよ。

それもまんざら間違いではなかってんけども、ほんなら、だんだん、全然おもろないやつも、キャーキャー言われだしたんですよ。なんかお笑い自体が、またブームになってきて。

*ジャケットは選ばない

そのときに、思ったわけですよ。あ、これはあかんって。漫才ブームが終わって沈滞してたのが、だんだんまた、目がいくようになってきたんやって。おもしろいとかおもしろくないとか、あんまり関係なくて、「お笑いふう」のやつらなら、いいんやなって。だから、そいつらと同じに見られたくないから、じゃあオレは、もう見てくれとか、そんなもんは一切捨てて、本腰入れて一生懸命、仕事しよって。どのジャケットにしようとか、服選んでた時間は、もっと違う時間に使おうと。鏡の前でドライヤーあててた時間は、もっと違う時間に使おうと。

僕なんかはよかったと思いますよ、ビジュアルがちょうど中途半端なとこで（笑）。これが妙にカッコよかったら、「こんなことしてたらあかんねんなあ」って気づくの、もう少し時間かかったかもしれんし、そもそもお笑いやってなかったかもしれんし、人生違ったかもしれんし……。

だから、いち早く自分の好きなもの、自慢できるもの、誰にも負けへんみたいなものを見つけたもん勝ちみたいなことなんですけどね。

それは絶対、年とるわけやから。なんぼ若いころかわいくても、カッコよくてもねえ、40歳になったらそれはまあ、ないからねえ。それはその年で、（カッコだけで）どうするのっていう話やから。

中学、高校ぐらいのころは、自分のカッコのこと、すごく考えますよね。これはもう、しょうがない。

だって女にもてることがすべてのテーマやもん。極端な話、親おれへんかったって、家なくたっていいんですよ。カネなくたって、女にさえもてたら何とでもなるっていう、もうそれがすべてじゃないですか。

でも、ほんまは、そこからなんですよね。男はビジュアルじゃないってことがわかってからが勝負なんですけどね。でも、そのとき、「これはオレ、誰にも負けへんで」というものがなかったら、動きようがないからね。オレはあったからいいけど。

＊昔のＶＴＲを見て思うこと

だから、「遊べるのは、いまのうち」って言う最近の若い子は、ある意味、ようわかっとるなと思うけどね。

たとえば高校生の女の子なんかは、すごいちやほやされるでしょう。あれ、制服脱いで、ＯＬになって、それこそ30歳ぐらいになったら、そういう意味でちやほやは、絶対されないですよね。

そこを最近の若い子は気づいとるんですよね。

僕らのころ、そんなん考えへんかった。なんかいつまでも若いみたいな気になってた。そういう意味じゃ、僕らより、本質をちゃんと、とらえとるかもしれないですね。でも僕は、いつでも今がいちばんええと思ってるからね。みんな、そうじゃないのかなあ。

ビジュアル的には知らんけど、人間的には昨日より今日のほうがええと思いますけどね。僕だけじゃなくて、みんなそうとちゃいますの？　そんなことないの？

昔の写真っていうのは、写真嫌いやからないけど、昔のＶＴＲとか、たまに見るとね、みんなすぐ「若いなあ」とか言うでしょ。でも僕は、それはほんまにどうでもいい、それより、やっぱりネタ見てしまうんですよ。

で、「やっぱりちょっとあかんな」と思ってしまう。プロの芸として「ああ、やっぱりちょっと未熟やったなあ」と思うんですよね。そういう意味で少し恥ずかしいけど、若いとか、今より太ってたとかやせてたとか、そういうことはどうでもいいんです。

写真、嫌いですよ。だから、みんな、大変なんですよ。ビデオとか、ＣＤとか出すときに、やっぱりみなさん、写真を撮りたがるんですよ。表紙とかジャケットの。あと、ポスターね。もう嫌いでねえ。

個人的な写真は、まだましなんですけどね、それでも嫌いなんですけどね。でも撮っといたらよかったなって、少しは思うんで、後輩と年に何回か旅行とか行くから、そんなときには撮ろうかなあとちょっと思って、何枚かは撮りますけど。

なんでいやなんやろ。じっと止まって待ってんのがいやなんだけ。すごく長く感じるし、ちゃんと呼吸できないみたいなとこがあるんですよ。

子供のころから嫌いやったからね。修学旅行とか遠足とかの写真を廊下にバーッと張り出すでしょう、番号打ってあってね。で、欲しいのを言うやつ。写ってないんです、僕、ほとんど。

で、もっと小さいころ、記憶がないくらいのころの写真もあんまりない。いや、これはどこでもそうでしょうけど、僕、3人の子供のいちばん下やから、ないんですよ。

1回、聞いたことあるんですよ、「僕の赤ん坊のときの写真ないんか」って。ほな、おかんがね、箱からガーッ、探し出して、「たぶん、これやと思うわ」って言われて(笑)、「たぶんかー」って(笑)。おにいとおねえと、ようわからんのですよ。あのころって、男の子と女の子の服もね、そんないろいろなかったでしょ、今みたいに。いっしょなんですよ、男も女もね、2歳ぐらいのころなんか。だから、「たぶん、これやわ」

って渡された写真も、どうも違うんちゃうかな、と思いつつ。

いまさらプリクラのこと言うのも、どうかと思うねんけど、ほんま好きですね、みんな。なんで？　僕、わからん。ほんまにわからん。

うーん、いまを残したいからとか、思い出にひたりたいからやって解説する人もいるけど、そうなんかなあ。

さっきも言ったけど、僕は、過去の自分を懐かしむこととか、ないこともないけど、ほとんどないからね。

「ガキ」のビデオ見ても、もちろんそら、そのときのコンディション、いろいろあるやろうけども、去年より今年のほうがおもしろいと思うし、その前より去年のほうがおもしろい。

上り坂ちゅうんやないんです。前と違うところを試みてるから。前のパターンを繰り返しても、飽きるもん。

＊プリクラが当たった秘密

年とるのはいやじゃないとは言い切れへんけど、オレがええと思って歩いてきたんやから、ええに決まってるがなとは思ってます。

でも、僕、いまの年齢がいちばんいやかもしれん。いっつも言うてるように、中途半端なんですよ。だって、50ぐらいのおばはんにしたら、「ダウンタウンっていうのは若い子のもんや」みたいなイメージ、絶対ある。でも、若い子にはどうかというとね、もう若い子がついてこられへんとこに来てるはずなんですよ。

だから、34、35歳はコメディアンとしていちばんつらい時期かもしれんね。ただ、このごろもしかしたらその時期をやや超えつつあるのかな、という気が少ししてきたけども。

うん、なんか昔に比べて、まわりの反応の幅が広くなってきてるのかな。昔は道歩いてても、若い子にしか声かけられへんかったのが、わりかし上の人でも、声かけてくるようになったかな、という。

話が戻るけど、僕は、あのプリクラっていうのはね、なんであんなに当たったかっていうとね、画質が悪ーい感じでしょう。それ、けっこう大きな、隠れた理由だと思うんですよ。不細工なやつでも、意外とわからない。

ぎょうさんスケジュール帳みたいなんに張ってんの、「見して」言うて見してもらうこともありますけどね、「この子かわいいやん」って言うてね、会うとね、あんまりろくなことなかったりするんですよ（笑）。

だから、わざとかな、わざとちゅうことないか、偶然の産物か、画質のはっきりしない感じは。あれがね、ポイントやと思ってるんですよ。

映画について Movies

＊『死んでもいい』と地震

映画館、まあまあ行ってる方じゃないですかね、芸能人としては。月に1回ぐらいかな。

好きな映画は、そうですねえ……。『ペーパー・ムーン』が好きでしょ、『激突！』も好きやね、あれはすばらしいと思う。最近でいうと、『コンタクト』はよかったと思うよ、すごく。あれのよかったのは、『インデペンデンス・デイ』とだいたい同じ時期で、宇宙人ものとしてそっちが最悪やったから、よけいよく感じた。

そうですねー、リアルっていうことをね、すごく求めるんですよ。まあ、僕の根本にあるものとして、きれい事とかはすごく嫌いなんですよ。そんなものはウソやし、そんなこと言うてる人間ほどオレは信用でけへんという気があるから。だから『もののけ姫』と『タイタニック』は見ないことに決めてるんです。

宮崎駿を天才と言う人がいるけども、まったくそんなこと思えへん。山崎なんかは好きで、「『魔女の宅急便』は最高や」「『平成狸合戦ぽんぽこ』は最悪や」って言うんですよ。どっちも見たんですけどね、「どっちもいっしょやんけ」って。僕、宮崎映画ってほとんど後半、ビデオ早送りで見てしまうんですよ。主人公が女の子で、心が清くて……。そういうイメージなんですよ、僕の中では。

そんなん、ないもん、そんなこと。そんな女、おるわけないし、おったら気持ち悪いし、そうじゃないからこそいいんですよ。なんか、人の悪口も言わん、人を騙すより騙される方を選ぶような、そんなヤツ、人間として気持ち悪いですよ。マンガに出てくる女の子でも、「キャピッ」とか言うてね、オエッてなるんですよ（笑）。

僕は映画は撮らないけども、「あ、リアルやな」と思った時に、すごいその監督を好きになったりすることがあって、いややなと思うのは、「どうたらこうたらで、こうこうですね」って台詞が終わって、その途端にトゥルルルルって電話かかってくるでしょ。

そんなことない、と。きれいに言い切ったタイミングで電話が鳴るというのが、もう僕はいやなんですよ。なんか、「そんなんじゃない。オレが演出するんなら、台詞の終わりぐらいで電話は鳴ってる」って思うんですよ。

『死んでもいい』っていう映画、見ました？　僕、あれ、好きやったんですけどね。最後のほうで旦那を殺すんですよ。永瀬正敏が室田日出男を殺す。ホテルの風呂場で。そこに女房の大竹しのぶがいて、でね、地震がくるんですよ。ガタガタガタって。何の意味もないんですよ。でも、揺れるんです。「なんで地震きたんやろ、なんか最後にあんのかな」って思うんですよ。でも何にもないんですよ。

もし、その監督が、「こんな時に、けっこう地震くるで」って思ってそうしたんやとしたら、その監督、大好きやなと思ったんですよ。なんか違うこだわりがあったんかもしれん。だからちょっと聞いてみたいんですわ。「なんで地震、起こしたんやろ」って。

＊僕が映画を撮らない理由

高校のころ、女の子と公園みたいなとこで、ＵＦＯ見たことあったんです。その時、喧嘩してたんです。パッと上見たら、ネズミ色のが飛んでるんですよ。ほんまにＵＦＯ

見る時って、そんなもんかなって。

無視ですよ、2人とも。頭のどっかで、「あっ、UFOや」とは思いましたよ。でも、それどころじゃないんですよ。そんなことよりも、こいつとの問題を解決せな、あかんって。あとで聞いたら、「私も見た」って言うんですよ。でも、関係ないんですよ、その時は。「なんや、そのタイミング」っていう感じなんですよ。

だから、しつこいようやけど、僕は映画は撮らないけども、そんなんがあったってええやんけと思うんですよ。

はい、映画は撮りません。

それは笑いができる人は映画作れると思うよ。笑いって、頭の中のカット割りですからね。笑いのできる人間は、みんなどっかディレクターですよ。でも、それをやる意味が……。だってテレビのコントでできるんやし、巨大スクリーンで見てもらわんでもねえ。

僕がやるのであれば、笑いを省いたことはできないので、じゃあ笑いを入れた映画ってどうやねんと思ったら、やっぱりないんですよね。

笑いってでかくすればするほど、せっかくおもしろいものが薄れたりとかするしね。

大きい画面もそやし、カネかけすぎるというのもちょっとだめなんですね。カレーライスみたいなもんですわ。けっこうおかんが作ったのがうまいんですよ。なんやごちょごちょワインを入れたり、チーズをどうしたりとかすると、どんどんおかしなことになっていくんですよ。

映画でやれるのは、「お笑い」でなく、「喜劇」なんです。だから『ビーン』をね、「お笑い」と言われると、「ちょっと待ったりいな」っていう感じがするんですよ。あれは、喜劇です。喜劇とお笑いは全然違う。

＊季語としての『男はつらいよ』

たとえば『ビーン』の俳優をワイドショーで見ましたけど、車から降りてきて、なんかパフォーマンスしてたでしょ。それって喜劇人なんですよね。ずーっと役に入っとる。おもしろい人間を演じてるだけで、本質自体はべつにおもしろくないんですよ、それはお笑いとは全然違うもんやから。

それと、僕が『ビーン』を否定するのは、しゃべらないで笑いを取るというのは、しゃべりがおもろないんですよ、きっとあいつが。しゃべっておもろいんやったら、しゃべるちゅうねん。そんなヤツがオレよりおもろいわけないやんけ、って思うんですよね。

　チャップリンも見ないんですよ、『モンティ・パイソン』もほんと見たことない。伝わるわけないんですって、言葉もわからんのにそれを見てもね、なんか失礼というかね。僕が逆の立場やったら、見てほしくないですもん。どこかの誰かに訳されたものを見て、日本語も大阪弁もわからんヤツに笑われてもね、ちょっといややなって。ましてや吹き替えなんてとんでもない話でしょ。

「寅さん」もあんまりピンとけえへんな、正直。僕やったらですよ、同じ映画で同じ役、何回もせえへん。次の新しいもん、見つけたいもん。最後の方は、『男はつらいよ』っていう言葉が季語みたいになってたじゃないですか。「正月」を表してる。紅白歌合戦とかレコード大賞もそうやけど、そうなるとつらいんじゃないかな。

　リアルっていうことに話を戻すとね、最近ちょっと考えてんのはね、もうコントも少し変わっていきたいなって、自分の中では思ってて。

　たとえば、おっちゃんと子供がいて、子供が野球やっててガラス割って、おっさんが「こらー」と出てきたとしましょう。おっさんが僕で、子供が浜田やったとして、浜田は野球帽かぶって、ほっぺた赤く塗って、半ズボンはいて、ということでしょ。「もう、ええんちゃうか」って僕の中では思いだしてきてるんですよ。

どういうことかというと、子供はもっとちっちゃいし、大人はもっと大きい。顔も手も、子供は大人に比べて全体的にちっちゃい。そうでしょ。「何とかほんまに子供ぐらいの大きさにでけへんものか」っていうことを今、ずっと考えてて。

犬でも、着ぐるみを着る、それはしょうがない。でも、人間の男に対して、小型犬はポットぐらいの大きさですよ。実際、その大きさにすることで、すごいリアルさが出るし、犬が人間に対してびびってる感じがもっと出るし、人間に見おろされた時の恐怖心も出るし。そっちの方にちょっといってみたいなあって、すごい考えてるんですよ。

それはどうやって撮ったらええんかなあ。今、CGがすごいんでできるって聞いたりもするし、無理やとも聞くし……。遠近法である程度できるけど、それだとずっと離れとかんといかんことになって、手と手が触れ合った時とか、おかしなことになるんですね。あとは昔から、さんざんテレビでやってることですけど、青バックで撮って後からはめ込むヤツです。それもちょっと違うような、やってみないとわからんけど。

でも、こんだけ科学が発達してるんだから、そのうちできるようになるんかなあ。

なんでそういうことを思ったかというとね、「ウルトラマン」を見てるとね、怪獣が出てくるでしょ。なんでいっつもウルトラマンといっしょぐらいの大きさやねんって、子供の時から思ってたんですよ。ウルトラマンに対してちょうど１・５倍くらいのヤツもおるはずや。背だけでなくって、幅も全部１・５倍のヤツ。

＊映画と本と『失楽園』

だってそうでしょ。いっつも、ちょうど組み合える相手で、そんな都合のええもんばっかり、毎回来るかい！　ちょうど戦いやすい相手の方が珍しいはずなんですよ。怪獣なんやから。誰にも束縛されないヤツなんやから。

そんなこと思う子供、おれへんかったかもしれへんけど、僕は思てました。

仮面ライダーの方がまだわかる。あれは「怪人」やから（笑）。人間を改造したんやから、あのぐらいの大きさで納得できるんですよ。でも、（ウルトラマンは）怪獣やからね。

それと、最近思うのはね、映画があって、原作本があるものってあるでしょ。絶対、本のがおもしろいですね。やっぱり自分の中でいい絵が描けるからね、映像はその絵を超えられへんのでしょう。

特に推理ものはそうですね。映画で見ると、犯人、わかってまうでしょ。たぶん、あれ、見てるだけやからなんですよね。ポーッと見てるから、余力があるというか。本読んでると、ガーッと入り込んでるから、意外としょうもないトリックに騙されたり。本のいいとこはそこなんでしょうね。

でも、『失楽園』は映画も本も最悪でしたけどね。あの作家を「女の経験少ないぞ、こいつ」と思てね。わかるんですよ、女のことに関しては、「ああ、もうええ。幼稚やな」って。

たけしさんが『スワロウテイル』見てね、「あの監督、喧嘩したことない」ってなんかに書いてて、ああそうかなあって。僕はそんなに喧嘩もせえへんからそこはわからへんけども、女のことに関してはわかる。「幼稚や」って。

でも、世間も、ほとんど女の経験がないわけやから、いいんですけどね。でも僕は、女のことだけは負けへんでというか、「あ、そう、まだそのへんに、いてはるの？」って感じなんですけどね。

終わりについて Ending

＊そば屋の休憩の横暴さ

これ、皮肉でも嫌みでもなんでもなく言うんですけど、自分から「やめる」って言わないで終わった仕事って、この連載が初めてなんですよ。その意味で、思ったことっていうのはあったんですけどね。

まあ、初めてというのは言い過ぎかもしれんけど、でも「やめたいな」と思ってて、だんだんやめることになったり、「絶対やめたほうがええよ」と思ってて終わったりとか、そんなんは何回かあったんですけど、「別に僕は続けててもええよ」っていうつもりで終わることになったというのは、もしかしたらこれが初めてかもわからん。いやいや、そういう意味では新鮮な体験でしたけどね（笑）。

あ、残念とは違うんですけど（笑）。でも、自分で書いてるわけじゃないから、書いてたのに比べたら１００分の１ぐらいのストレスやからね。「あ、そうか、いろんなものの終わり方はあるけども、こういう終わり方もあるんやなあ」っていう感じですね。

終わるといえば、ある局のドラマがね、打ち切りなんですって、数字（視聴率）が悪くて。

ま、いままでにもそんなことってあったんでしょうけど、やっぱりそれは違うんちゃうかなあと思うんですけどねえ。なんか、オレがどうこう言うことでもないんかもしれんけど、やっぱりそういう終わらし方って、絶対それはしたらいかんのちゃうかなあって思うんですよ。

なんて言うのかなあ、そば屋とか、あんなん、最近、休憩しよるでしょ、２時から５時までとか。

僕、けっこうね、４時くらいにめし食うタイミングの時が多いんですよ。そしたらね、すごい規制されるんですよ。そば屋とか、その手は全滅ですよね。とんかつ屋とかも全然だめでしょう。５時からなんですよ。僕、それがね、どうも納得でけへんのですわ。

人が来るから開ける、比較的少ないから閉めるというのはね、納得でけへん。ゼロならいいですよ。でもゼロなわけないことぐらいわかってるでしょ、店だって。それが僕はすごく横暴やなあって。ちょっとそこまで考えんでもええがなって思うかもしれんけど、なんかね、いい時はやる、悪い時は逃げるというか、やめてしまうということに対する怒りというのがすごくあるんですよ。

混む時間帯の客も、比較的すいてる時間帯の客も、僕はいっしょやと思うんですけどねえ。僕みたいな4時台にめし食いたい人がおるからこそというか、それもあって、それもあるのちゃうんかなって思うんやけどねえ。

バイトとかを休憩さすとか、店を閉めるのはそんなんもあると思うけど、でも4時に来る人にも誠意を示すことが、昼の繁栄につながっていると思うんですよ。そう、そう。それがあって、それがあるんですよ、絶対に。

おいしいとこだけとろうなんて、そんな都合のええ話はないからね。

途中でドラマを打ち切るのも、いっしょだと思うんですよ。だって視聴率が悪いから途中で打ち切りにするって言うたって、比較的見てる人が少ないだけなんですよね。

＊決めた当事者としての責任

まあ、視聴率というものがどこまで正確かということはさておき、ですよ。正確やったとしても、でも、ゼロパーセントじゃないんですから。ましてや「それでいこう」と決めたのは君たちなんやから、最後まで予定通りいかんと。見てる人もおるわけやし、タレントだって、もしかしたらタレント側から出してくれって言うたんかもしれんけども、(テレビ局側と) 合意のうえで始まったわけやから、途中で終わるというのは違いますよ。それは絶対に違う。

結局、タレントってそういう扱いを受けるんやなあって思うんですよね。

今回のドラマの中で1本打ち切りになったのが出たっていうのの痛手は、局にしたらたかがしれてると思うんですよね。でもタレントって、自分のやったドラマが途中でやめられたなんて、傷ものにされたようなもんじゃないですか。ましてやメインでやってたりしたら……。そこをどうするねん、というか。もしかしたら、「申し訳なかったです。今回こういうことになりましたけども、次、また秋から」とか、そういうふうになってんのかどうかわかりませんけども、でも今の時点では、やっぱりねえ。

僕が番組をやめたほうがいいと思う時ですか。まあ、やってて何も生み出してないなあって感じがした時はねえ、もうそれは金儲け以外のなにものでもないもんになってしまうじゃないですか。っていうか、金儲けってやっぱり何か生み出さんと、ほんとはしたらいかんし……。そういうことですよ。「ごっつええ感じ」を終わらせたことでも、あのね、世間的にはどう思われてるかわかりませんけど、あの判断しかなかったとは、絶対思うんですよね。

で、「松本、わがままやな。横暴やな」って思てる人がどれだけいるかわかりませんけど、まあ何年かたった時に、「いやあ、あれはあれでよかったんやろな」って思わせられると思うんですけどね。

＊迎えていないピーク

だって、全部とは言いませんけど、ほとんどのとこまで、僕ひとりが作ってた番組だから、僕がやる気になればまたできるんですから。別に日曜日の8時のフジテレビにそないこだわる必要はない。

それでも「見てる人がおるんやから、それをどうするねん」って言うヤツが出てくるんですけどね。それは、まあちょっと待ちいな、と。やろうと思えばまたできるわけやし、こんなイライラした状態でやったって、君らが望んでるようなものはでけへんやろ、ということやからね。

だからフジテレビに対して、何かわだかまりを持ってるかといえば、ほとんどそういうものはないんですよ、僕はね。っていうのは、最終的に僕が終わらしたわけやから、それでチャラやと僕の中では思ってるから。だから、その後も「ごっつ」のCDアルバム出したりとか、「ごっつ」の本を出したりとか、「別にええんちゃう」と思ってるんですよ。

今度、コントのビデオを、「ごっつ」の時とほとんど同じメンバーで撮り下ろしたんですけど（'98年6月20日発売「約束」）、「ごっつ」を終わらせたことがエネルギーになってるかというと、それはちょっとちゃうんですよ。

うーん、なんて言うのかなあ、僕がいつも思う笑いの難しいとこで、復讐心とか、そんなことでできるもんやない。そんな単純なものじゃないんですよ、笑いって。「ちくしょー、いまに見とけよ」って、その気持ちは大事ですよ。大事やけど、それを笑いにかえてうって出るみたいなね、そんな簡単なもんじゃないですよ。

だから、まあもの作るのが好きやから、(作る場が) なくなるのがいややから、そういう場を設けたということです。

仕事の終わらせ方ですか。そんなこと考えて、もの作ってる人は、僕はいないと思うんですけど。まあ、僕という生き物も終わるわけやから、どっかでね。まあ、それと同じことですよ。どんなふうに死ぬかなんて考えないでしょう。そんなんわかれへんし。どんなふうに終わらすかなんて、考えへん。

死ぬ時イコール仕事が終わる時っていう意味ではないんですよ。もう何年か後には「そろそろ (仕事を終える) カウントダウンが始まってるな」っていうのが、わかるんかもわからんけどね。うーん、いまの段階ではいまいち見えないですね。

うん、それというのは、ピークを迎えさしてもらってないんです。

まあ、「ごっつ」のああいうこともあって、本来でいけばもう何年かしたらカウントダウンがぼちぼち見えてたんかもわかれへんけど、なんか足踏み状態みたいな感じがあって、ピークを実感できないというか、「ああ、まだ迎えさしてはもらわれへんのやなあ」っていう感じですよ。

オレの笑いを理解できてえへん人間があまりにもたくさんいるんで、それはもう一生無理なのかもわかれへんけど、でもやっぱり「コント、新しくつくろか」って言うたら、案はいっぱい出るしねえ。

僕は小出しなんかしたくないんですよ。ほんまにたとえば明日からダーッといけたら、1年間ぐらいダーッといって、もうそこでバーンと終わりたいんですよ。24時間ひとり大喜利とかもやってみたいし、ビデオでももっともっと内容の濃いのやりたいし。でも、そうささないんですよ。

もう周りから「イッキ、イッキ」言われて、調子に乗ってぜんぶ飲みたいんですよ。でも、見たらなんにも入ってへんかったりとかね、「なんか大して酔えへんなあ」みたいな。

*80歳まで生きる意味

でも、スムーズにいけるっていうことは短命で終わっていくということやから、ええように考えると、もうちょっと小出しにしていけっていうことなのかなあと思ったり……。

まあ人間、僕に限らず、すべての人がそうなのかもわかれへんけど、スムーズにいってしまえば、それこそ35歳とか40歳とかで死んでもええもんなんでしょうね、きっと。そこになんや、いろいろ邪魔が入ったり、なんやかんやあって、結局うだうだと、「気ぃついたら80歳ぐらいまで生きてたで」みたいなことなんちゃうかなあと思うんですけどね。

たとえば自分の家がほしいとかいうことでね、サラリーマンなんか、それを目標にしてがんばるとして、25歳ぐらいでそれができてもうたら、後、どうするんですか、みたいな、ねえ。だから、そんなことありえないわけですよ、まず。そういうふうにできとるんでしょう。

で、僕の場合、家は正直、いま建てろいうたら建てられますよ。でも、僕はそこに何も最終目標を置いてないから。だから、僕の、本来の実力というか、力でいけば、30歳ぐらいの時にもう、完全なものを、何もかもやり尽くして終わってるはずなんですよ。ところが、いろんな弊害があって、ダラダラッといってしまってるのかな、と。

独身生活ですか。終わらせる予定、いまのとこ、ないですねえ。

この前、なんかテレビで独身の男の年寄りのなんかドキュメントみたいのやってたけどね、それ見てたら、「けっこうきついなあ」と思いましたけど。まあ、どう見ても、華やかなものではなかったですわな（笑）。
うーん、ねえ。まあ、どうしようかなあ。いや、ちょっと、わからないですねえ。

松本人志《まつもとひとし》 愛《あい》

朝日文庫

2000年12月1日　第1刷発行

著　者　松《まつ》本《もと》人《ひと》志《し》

発行者　山崎幸雄

発行所　朝日新聞社

〒104-8011　東京都中央区築地5-3-2

電話　03(3545)0131（代表）

編集＝書籍編集部　販売＝出版販売部

振替　00190-0-155414

印刷製本　凸版印刷株式会社

ISBN4-02-264251-3

●朝日文庫●

リーダーは何をしていたか
本多勝一
無知で無責任な「自称山男」のリーダーが登山ビギナーを引率して遭難に至らしめた事件を検証

戦争の教え方 世界の教科書にみる
別技篤彦
歴史教科書はどうあるべきか――世界各国の教科書からの豊富な引用から「戦争とは何か」を問う

北朝鮮からの亡命者 60人の証言
朝日新聞社アエラ編集部
内外メディアで初めて、最近10年間に北朝鮮から亡命した60人にインタビュー。北朝鮮の実態に迫る

はるかな記憶 上・下
カール・セーガン
アン・ドルーヤン
ヒトはなぜ存在するのか？　世界的ベストセラー『コスモス』の著者がヒトの進化の過程を解明する

「松本」の「遺書」
松本人志
「人間コンプレックスがないとあかん」と言い放つ、お笑い界のスーパースターの毒あるエッセイ

ウルトラマンを創った男 金城哲夫の生涯
山田輝子
『ウルトラマン』の原作者・金城哲夫の生涯を、高校時代を共に過ごした著者が思い出を軸に綴る

名作文学に見る「家」 愛と家族編・謎とロマン編
小幡陽次郎
横島誠司
あの小説の主人公はどんな家に住んでいたのか？想像の間取り図で名作を読む、文学お楽しみ本

女たちの太平洋戦争② 日本軍を見た内外の瞳
朝日新聞社編
戦時下、十代の少女だった女性たちからの投稿を集めた、話題の新聞連載の文庫化第二集

●朝日文庫●

コミックホーキングの宇宙論入門
作・鴨巣直樹
画・岩崎こたろう
車椅子の天才宇宙物理学者・ホーキングの独創的な宇宙論を、コミックでわかりやすく解説

いちどは行きたい恨ミシュラン（上）
西原理恵子
神足裕司
人気漫画家と気鋭のコラムニストが、グルメ絶賛の名店を辛口採点した「史上最強のグルメガイド」

それでも行きたい恨ミシュラン（下）
西原理恵子
神足裕司
東京だけでなく、大阪・札幌・香港にまで取材対象を広げ、噂の名店・老舗一〇六店に殴り込む！

上海の長い夜 上・下
鄭念 著
篠原成子
吉本晋一郎 訳
文化大革命のさなか、獄中で偽りの告白を拒絶し、六年半もの迫害に耐え抜いた女性のドキュメント

華北戦記 中国にあったほんとうの戦争
桑島節郎
華北・山東半島で中国共産党軍と戦った著者が、ゲリラ戦、強制連行、捕虜虐殺などを淡々と綴る

フジ三太郎旅日記
サトウサンペイ
ヨーロッパ、アフリカ、アメリカ、ロシア、東南アジアの旅を文と絵で綴る、楽しい海外旅行術

デキゴトロジー 恋の禁煙室
週刊朝日編
ごくフツーの人々が巻き起こす奇談・珍談・爆笑談を集めた『週刊朝日』人気連載のコラム集第三編

オウム法廷 グルのしもべたち 上・下
降幡賢一
逮捕された信徒たちが語る驚愕犯罪。資料を豊富に採録した、オウム事件の全貌を知る格好の書